寿司

小料理のどか屋 人情帖4

倉阪鬼一郎

時代小説

二見時代小説文庫

手毬寿司——小料理のどか屋 人情帖4

第一章　炒り銀杏——予兆

一

出世不動《しゅっせふどう》を出るとき、のどか屋の時吉《ときち》は少し気がかりをおぼえた。

何か祈り忘れたような気がしたのだ。

見世が繁盛しますように。のどか屋を手伝ってくれているおちよともども、達者で暮らせますように……。

ほかにも何か祈るべきことがあったような気がしたのだが、それに思い当たったのは、ずいぶんと時が経ってからだった。

文政《ぶんせい》七年、正月の淑気《しゅくき》も薄れた、とある日——。

北からの風に雲は吹き飛ばされ、薄青いぎやまんのような空が広がっていた。

理由《わけ》あって刀を捨て、包丁に持ち替えて神田の三河町《みかわちょう》に小料理のどか屋を開いた。ここに至るまでの道のりは決して平らではなかったが、いまや下のほうだが番付に載るまでになった。ありがたいことだ、と時吉は思う。

常連もずいぶん増えてきたが、ときには文句を言われることがある。のどか屋はちと休みが多すぎるのではないか、ずっと開けていろとは言わないが、もそっとまめにやってもよかろうに、というわけだ。

そんな文句を言われるたびに時吉は平謝りしているが、べつにあきないに身が入っていないわけではない。のれんを出していない日も、江戸のほうぼうの見世を回って舌で修業をしている。師匠の長吉《ちょうきち》の見世に顔を出して手伝いをやらされることもある。おちよは休みでも、一人で厨《くりや》にこもって仕込みをすることもある。息抜きはせいぜい神社仏閣《ぶっかく》を回るくらいで、決して遊んでいるわけではなかった。

今日は八辻ケ原《やつじがはら》から少し入ったところにできた鰻飯《うなぎめし》屋に寄った帰りだった。鰻飯に茶をかけて食す趣向が面白く、味もなかなかだったが、そのままのどか屋で出すわけにはいかない。どうひと工夫するか、とりあえず引き出しにしまっておくことにした。

腹にたまるものだったので、もう一軒どこぞかへ寄る気はしなかった。のどか屋に戻れば仕込みも待っている。出世不動に寄っただけで、時吉はまっすぐのどか屋へ戻るつもりだった。

だが、異な成り行きになった。

皆川町《みながわちょう》の二丁目の角に、伊賀屋《いがや》という京菓子屋がある。小体《こてい》ながら品のある構えで、菓子もなかなかの評判だった。ことに松葉をかたどった焼き菓子が香ばしく、縁結びの縁起物にもなるというので、ときには行列もできるほどだった。

その伊賀屋の見世先で、二手に分かれた屈強な男たちが睨《にら》み合っていた。

遠くからでも、風体《ふうてい》で分かる。そろいの半纏《はんてん》をまとっているのが、ここいらを縄張りとする町火消。片や、この寒いのに薄い法被《はっぴ》一枚で、恐《こわ》らしい彫り物を覗かせているのが武家方の定火消《じょうびけし》に属する臥煙《がえん》たちだった。

「ここいらは、よ組の消し口になるとこだ。味なまねはしないでおくんなせえ」

町火消の声が聞こえた。

かしらの竹一《たけいち》だ。手下《てか》の者をつれて、のどか屋にも何度か来てくれたことがある。

「消し口になるだと？　火も出てねえのに、勝手に決めるなよ」

「おれらはな、いったん火が出たらすぐ飛び起きて仕事にかかれるように、一つ棒を枕に寝てんだ。ありがたいと思え」

「おめえらの消し口なんぞ、行ったらもう灰になってら」

浅黒い肌に龍や般若を彫りこんだ者たちが凄む。

「こりゃ口がすべりました」

何か言い返そうとした若い衆たちを制して、竹一が場を収めようとした。

「消し口は先んじて駆けつけたほうが取るもの。遅れねえように励みまさ。ただ、それとこれとは話がべつだ。伊賀屋さんも客商売だ。毎日毎日、銭を通す紐《ひも》を買えとたかりに来られたんじゃ、客足にも差し支えまさ。ここはひとつ、こらえてやってくれませんか……お、こりゃ、のどか屋さん」

竹一は時吉に気づいて声をかけた。

おおよその成り行きは呑みこめた。定火消の臥煙は、ひとたび火が出れば裸で突っこんでいく勇み肌だが、あながちいいところばかりでもない。ゆすりたかりまがいのことをする者もあとを絶たなかった。

小あきないをする者たちは、穴のあいた銭を扱う。その銭を通す藁を綯《な》った紐を買えと法外な値段をふっかけ、なんのかんのと因縁をつけたりするから、なかには臥煙を蛇蝎《だかつ》のように嫌っている者もいた。

「なんでえ、てめえは」

「火消にゃ見えねえな」

臥煙たちが三白眼でにらむ。

「いまは料理人だが、時吉さんはな、元はその名を言えば泣く子も黙る藩のお侍だったお方よ」

竹一がいくぶん下駄を履かせて言う。

うしろに控えているのは、纏持《まといもち》の太吉《たきち》と梯子持《はしごもち》の梅次《うめじ》。親子三代にわたって町火消をつとめる兄弟だ。

「のどか屋の時吉です。お兄さんがた、ここはほどほどにしてやってくださいまし。往来の目もありますんで」

なにぶん剣呑《けんのん》な連中が相手だ。ひとたび意趣を含めば、火消にかこつけて打ち壊しまがいのことまでやりかねない。

「おれらはな、なにも縄一本に一両くれって言ってるわけじゃねえんだ」

「こりゃ火よけのまじないでもあるんだぜ。ありがたく買ったところで罰《ばち》は当たるめえ」

「世の中のためだと思ってやってんだ。何か文句でもあるのかよ」

臥煙たちが錆《さび》のある声で言う。

「さようですか。なら、わたしが一本いただきましょう」

見世のほうに目をやってから、時吉は言った。

ちょうど伊賀屋の番頭とおぼしい男が出てくるところだった。毎度毎度の臥煙の酒代せびりに業を煮やし、こたびはほおかむりをするつもりだったとおぼしいが、だんだん騒ぎが大きくなってきた。やむなく奥から出てきたのと、時吉が口を開いたのが、ほぼ同じだった。

「ほう、そりゃ殊勝《しゆしよう》な心掛けじゃねえか」

「買ったり買ったり」

「のどか屋、これからもよしなにな」

臥煙の一人が縄を渡し、にんまりとした顔で金を受け取った。

「なんなら、これから行ってやるぜ」

「祝い酒だ」

「樽ごと呑んでやらあ」

がさつな臥煙たちは、下卑《げび》た笑い声をあげた。

「図に乗るな」

時吉はやにわに声の調子を変えた。

「なんだと？」

「勇み肌ならそれらしく、弱い者いじめはするな。うしろ指をさされたら、おまえらも後生《ごしょう》が悪かろう」

「ほほう」

「おれらに意見する気か」

「てえした度胸じゃねえか」

臥煙たちの目つきが白くなった。

「三度までなら、許してやる。銭を結ぶ縄を買ってやる。だが、それまでだ」

「四度《よたび》になったら？」

「どうするってんだ」

「言え」

ひときわ地肌の黒い臥煙が、ぬっと顔を近づけた。

「のどか屋ばかりじゃない。ここいらで四度にわたって顔を見せたら、この腕が黙っちゃいないぞ」

鍛えの入った二の腕を、時吉はぽんとたたいた。

「ほう」

「やるのか」

臥煙の彫り物がぴくりと動く。

「わけあって刀は捨てたが、棒なら思うさま使える。命が惜しくば、三度までにしておけ。さよう心得よ」

時吉は肚《はら》に力をこめ、珍しく武家言葉を使ってぐっと睨みを利かせた。厨《くりや》に立っているときとは違う、射竦《いすく》めるような目付きだった。

しばらく息詰まる睨み合いが続いたが、先に折れたのは臥煙のほうだった。

「ま、正月から血を見せてやるのも験《げん》が悪い。勘弁してやるぜ、のどか屋」

「おう、ありがたく思え」

「ありがたく存じます」

時吉はすぐさま腰を折った。ここは引く呼吸《いき》だ。

「よ組のおめえらもおんなじだ。正月だから見逃してやる」

「へい」

「大きに、ありがたく」

時吉にならって、町火消たちも下手《したで》に出た。

「おう、行くぜ」

「またな、伊賀屋」

「どけどけ」

臥煙たちは肩を揺すりながら歩み去っていった。

二

「申し訳ございません、のどか屋さん。あんまり癖になるのもどうかと思いまして、知らぬ顔をしていたらいっこうに帰る気配もなく……」

伊賀屋の番頭がすまなそうに言った。

「なんの。たちの悪い連中だからな」

「あいつら、おめえら、火消を鼻にかけて酒代をせびってるんだから、まったくもって彫り物が泣く。間違ってもああなっちゃいけねえぞ」

かしらの竹一が、手下の兄弟に向かって言った。

「へい」

「男が廃《すた》りまさ」

太吉と梅次が答えた。

どちらも澄んだ目をしている。いまの臥煙たちとはまるで違った。

火消が働くのは火事場ばかりではない。ふだんは普請をしたり道の壊《く》えを直したり、井戸や溝《どぶ》をさらったりして町のために汗を流している。

ほかの町火消には臥煙まがいの「がさつ」を演じる者も多いらしいが、このあたりを縄張りとするよ組は、頭取《とうどり》の与平《よへい》を初めとする上の者の教えが下々にまでよく伝わっている。おかげで、町の褒め者働き者として、よ組の半纏は一目《いちもく》置かれていた。

「どうだ。験《げん》直しに一杯」

竹一が声をかけた。

「なら、のどか屋さんで」

「あいにく今日はのれんを出していないので、漬物のたぐいしか肴《さかな》がありませんが」

「酒は？」

まげには白いものがまじりだしたが、肌はまだ存分に張っているかしらは、笑みを浮かべてたずねた。

「酒なら、十分に」

時吉も笑う。

「そいつぁ文句なしで」

梅次が手を拍《う》った。

「凝った料理も食いたかったところですが、そりゃまた日を改めてということで」

弟の言葉が足りないところを、兄の太吉がうまく補う。

「酒のあてにはならないかと存じますが、御礼のしるしに」

伊賀屋からは包みを渡された。焼き菓子の松葉ばかりではない。饅頭や団子なども入っていた。

明日は朝から見世を開ける。実家の長吉屋に戻っているおちよも、そのうち顔を出すだろう。

三河町の裏手の道を入り、地蔵に軽く手を合わせてから角を曲がると、行く手にのどか屋が見えてくる。障子戸を閉めたら二つの「の」がのほほんとした人の目に見える、いたって穏やかな構えだ。

「おっ、猫が」

竹一が前を指さした。

薄い茶色の縞《しま》のある猫が、見世先の台からひょいと飛び下り、とてとてと歩いていく。

「うちの福猫です」

「ほう」

「あいつが居着くようになってから、下のほうですが料理屋の番付にも載ったし、いい縁談もあったので」

時吉は先の「結び豆腐」のいきさつをかいつまんで伝えた。

「そりゃ、ほんとに福猫ですね」

「あやかりたいもんだ」

「兄貴はもうあやかってるじゃないか」

「と言うと？」

「この春に祝言《しゅうげん》を挙げることになってるんです」

「おめえだって、決まった人がいるじゃないかよ」

「物事には順番ってものがあるからな」

「なんにせよ、めでたいことで」

そんな話をしながら、一同はのどか屋に入った。

「どうぞ貸し切りで」

時吉は一枚板の席を勧めた。

「かしらは上座で」

「板が一枚きりだ。上も下もねえや」
「いやいや、奥から歳の順がよござんしょう」
「はは、年寄りにするな」
そんな調子で席が決まった。
時吉はばたばたと動いて火を熾《おこ》しにかかった。肴はありものでどうにかするとして、何はともあれ燗酒だ。日は差しているが、障子戸を閉めても十分に冷える。
しばらくは、よ組の話が続いた。
長く頭取をつとめてきた与平はもうかなりの老体で、遠からぬうちに勇退するのではないかと言われている。となれば、跡を継ぐのは竹一しかいない。
町火消の格は次の六つに分かれている。
頭取（総取締）
かしら（組頭）
纏（纏持ち）
梯子（梯子持ち）
平人《ひらびと》（鳶《とび》）
土手組（人足）

江戸の初めに岩下覚弥《いわしたかくや》という人がつくったとも、高野山の隔夜堂《かくやどう》に詰める老僧のために考案されたとも言われる。ほかの漬物でもかまわない。沢庵を細切りにするのなら、わずかに醤油《したじ》を垂らすといい。茗荷《みようが》を千切りにしても合う。ほかに何もないときは重宝な一品だった。

そのかくやを酒のつまみにして、火消たちの話が続く。

「こいつらの父親は宗太《そうた》って言いましてね。そりゃあもう、水のしたたるようないい男で」

竹一が語る。

「並みいる小町娘たちを押しのけて、こいつらのおっかさんがつかまえたんでさ、火消の花形を。江戸じゃ男のほうがたんと余ってるのによ。宗太に限っちゃ逆だった。あいつの嫁になりたがってた娘は、両手の指じゃ足りなかっただろうよ」

その血を継いだ息子たちの顔だちを見れば、おおよその察しはつく。

「宗太はよ組じゃ花形の纏持ちでした。纏ってもんは、どんなに火が暴れていても、臆せず振りつづけていなきゃならねえ。ひとたび纏が立ったなら、そこまではその組が命に賭けて火を消し止めるっていうしるしだ。いくら炎が迫ったって、纏持ちは勝手に屋根から下りるわけにゃいかないんだ」

竹一も纏持ちあがりだ。話す言葉に力がこもる。

「あれから十年も経ってるんだが、つい昨日のことみたいに思い出すよ。宗太の最期の姿を」

「すると、宗太さんは」

塩蔵《えんぞう》しておいた銀杏《ぎんなん》を炒りながら、時吉はたずねた。

「纏を持ったまま死んじまったんです、おとっつぁんは」

太吉が答えた。

「兄貴もおれも、そのころはただのがきだったんで。火事場で死んだと聞いて、わんわん泣いたのを憶えてるくらいで」

と、弟の梅次。

「うちは親子三代の火消ですが、祖父《じい》さんも火事場で死にました」

「やっぱり纏持ちで？」

「いや、赤子が泣いてるのを助けにいって、火に巻かれたそうです」

「ま、そういう血筋なんだろうよ」

竹一は、くいと酒をあおった。

「十年前の大火のときは、のどか屋さんはまだなかったはず」

「ええ。まだ草深い田舎におりました」

「どこです？」

「大和梨川《やまとなしがわ》。霧ばかり出る、なんにもないところですが」

時吉はそう言って、いくぶん顔をしかめた。

霧が出ていたのは土地ばかりではない。頭の中も、無知の霧で覆われていた。脱藩し、のちに刀を捨てて初めてそのことに気がついた。

いまはその手に包丁がある。しっくりと手になじんでいる。

「ほう、上方《かみがた》でしたか」

「上方に入るほど栄えてはいませんでしたが。……で、昔の大火の話ですが」

時吉はそう水を向けてから、炒り銀杏を出した。

塩をまぶしただけの簡明な品だが、のどか屋で出しているのはむやみに水臭いだけの酒ではない。無駄に凝るのは料理人の我だ。酒の味を邪魔しないような肴を出すことに、時吉はこのところ意を用いていた。

「あれは忘れもしない、文化十年の二月の初めのことでしたよ」

竹一は語りだした。

「火が出たのは、夜の九つ（午前零時）過ぎだ。もうみな寝静まっているころに、そこんとこの二丁目の裏通りから火が出てね」

のどか屋の裏手をちらりと指さし、銀杏をいくつか嚙むと、火消のかしらはいくぶん目をすがめて酒を呑んだ。

「この時分だから、風が乾いてら。火はあっと言う間に広がった。すわ、ってんで、よ組のおれらも駆けつけた。とにかくたちの悪い風で、ころころ向きが変わりやがる。ふと気がついたら、どこを見ても火だ。逃げ惑った連中が悲鳴をあげてる。赤子がそれこそ火のついたように泣いてる。たちまち生き地獄みてえなありさまになっちまった」

「鎌倉河岸の豊島屋まで焼けたんでしたね、かしら」

太吉が白酒と田楽で江戸じゅうに名の響いている見世の名を出した。

「あそこは半焼けで助かったんだ。丸焼けとは大違いよ。おかげでいまも同じとこであきないができてる」

「道筋だって、一路の違いで大違いですから」

梅次がうなずく。

「そうだな。で、おめえらのおとっつぁんの話だ。おれも梯子持ちで火消をやってたから、目を閉じたらいまでもはっきり思い出せる。声も聞こえてくる」

「おとっつぁんの声が……」

「ああ。『よ組だ、よ組だ。消せ、消せっ！　そりゃ、そりゃっ！』ってよう、肚《はら》の底から絞り出すような声だった」

竹一は宗太の声を真似てみせた。

息子たちがうなずく。かしらはさらに続けた。

「纏も勇ましく揺れてた。よ組は纏が二本ある。もう片方の纏持ちは、あんまり火の勢いが強いもんで、屋根から下りた。自分から下りるのは名折れだからできねえ。いまは頭取になってるかしらに言われて下りたんだ。火消にできることはぎりぎりまでやるにしても、逆らえねえ火ってもんもあらあな。下りた纏持ちは、そのあとずいぶんと肩身の狭い思いをしたらしいが、責められるもんじゃねえ。文句を言うやつは、いっぺん火に巻かれてみろってんだ」

「でも、おとっつぁんは下りなかったんですね」

兄が訊《き》いた。

「そうよ。かしらが『宗太、もういい。下りろ！』って声をかけてた。あの声も耳についてる。『筋は通した。宗太、下りろ。死ぬぜ！』ってな」

「で……死んじまったわけだ」

弟が猪口を置いた。

「おれもどうやって逃げたのか、憶えてねえくらいだ。周りの家が次から次へと崩れてきた。火の粉が飛んで、弾けた瓦が夜空に舞った。この世の地獄だったぜ」

「火の回りが早かったんですね」

ややあいまいな顔つきで、時吉は言った。

火の始末には重々気をつけている。それはおちよも同じだ。

師匠の長吉からも、火や食い物の毒を出したりしたら末代までの恥だ、よくよく気をつけろ、と折にふれて言われてきた。火の元からは離れない、始末は念入りにする。それをこれまで日々励行してきた。

しかし、よそから火が回ってきたら、いかんともしがたいかもしれない。着の身着のまま、逃げるしかない。生きてさえいれば、いずれ再び花が咲く。どんな雑草であろうと、人から愛《め》でられるものではなかろうとも、花は咲く。そう観念して、ひたすら逃げるしかない。

「まるで火の渦に巻かれてるみたいだったな」

かしらは語る。

「三河町の二丁目から出た火は、一丁目と三丁目、それから飛び火して、皆川町、永《なが》富町《とみちょう》、松下町、鎌倉町、新革屋町《しんかわや》までぐるっと焼けて、明け方にやっと収まった。それが十年前の大火だが、まだよ組の縄張りはましなほうだ。同じ月の十五日には、下谷の御成道のお屋敷から火が出て、風にあおられてばんばん飛びやがった。池之端《いけのはた》から上野山下まで、それはそれはずいぶんと焼けたもんだ。同じ江戸のご近所でも、ちょいと筋が違えば『先の大火』も違ってくる」

「大店《おおだな》が焼けたんでしたね、かしら」

と、太吉。

「大槌屋《おおつちや》だな。雛人形や袋物などを手広く扱ってた見世で、小耳にはさんだところによると、なんと四万両の損になったらしいや」

「四両でもえれえ損なのに」

梅次がそう言ったから、一枚板の席にやっとかそけき笑いが生まれた。

そのとき、表に人の気配がした。

あら、という声で分かる。おちよが帰ってきたのだ。

しかも、一人ではなかった。おちよの俳句の師匠でもある大橋季川《おおはしきせん》、近くの龍閑町《りゅうかんちょう》の醤油酢問屋、安房屋《あわや》の隠居の辰蔵《たつぞう》、のどか屋の常連にして後見役でもある二人の隠居と一緒だった。

暇はふんだんにある隠居がふらりとのどか屋を訪れても、あいにく休みだったりする。今日はその「あいにく」が二つ重なってしまったらしい。

「相済みません、正月から」

時吉は平謝りした。

「はは、慣れてるよ」

「とりあえず開いてたじゃないか。おちよさんにもばったり会えたし、今年は風向きが良さそうだよ」

二人の隠居は笑みを浮かべた。

「どうぞ、こちらにおかけなすって。わたしら火消は、そこの長床几《ながしょうぎ》で十分なんで」

竹一がさっと一枚板の席を譲った。

二人の若者もあわてて猪口を持って立ち上がる。

「そうかい、悪いねえ」

「こいつぁ男前だ、ご兄弟かい？」

辰蔵が問う。

「へい。親子三代の火消で」

「そりゃ頼もしい」

「火だけは願い下げだからねえ。そういえば、わたしの若いころ……」

一枚板の席に座ると、二人の隠居は昔の大火の思い出話を始めた。

この江戸に住んでいれば、どうあっても火事と無縁では済まされない。運が悪ければ、一生に何度も焼け出されることになってしまう。運良く当人は焼け出されなくても、縁者知人のだれかが災いに遭う。季川と辰蔵は、享和《きょうわ》元年に檜物町《ひものまち》から出た大火についてひとしきり思い出を語り合っていた。

土間に置かれた長床几にいったん腰を下ろした火消たちだが、「貸し切りですから、どうぞこちらに」とおちよが愛想よく小上がりの座敷に案内《あない》した。ゆえあって婚家から出戻ってきたのだが、若く見えるからしれっと看板娘の顔をつくっている。

しょっちゅうおかみと間違えられるけれども、かたちのうえは弟子の見世を手伝っている師匠の娘だ。時吉と一つ屋根の下で眠ることも多いが、部屋は違うし、所帯を持っているわけではない。少なくとも、いまのところは。

「お座敷、お酒の追加を」

「はい」

「それから、つまみを何か」

おちよは声をひそめて言った。

今日は見世を開けているわけではない。出せるものに限りがあることはよくわかっていた。

「では、早味噌漬で」

時吉は昨日漬けたばかりの壺を取り出した。

大根を四つ割にして、温めた酒に浸す。冷えた頃合いに取り出して味噌に漬ける。重しをすればほんの一時（約二時間）で漬かるが、ひと晩寝かせればよく風味が増す。ただし、味噌を洗い落としてはいけない。紙などでふき取ることが肝要だった。

おちよが漬物の皿を運ぶと、質素な肴なのに火消たちは盛大に喜んでくれた。話も弾む。

三月に決まっている太吉の祝言の話で、おちよも交え、火消たちはひとしきり話の花を咲かせていた。

「なんにせよ、火消は江戸の華、勇ましい火消さんたちがいてくれると心丈夫だね」

一枚板の席で、背中で話を聞いていた季川が小声で言った。

「まったくです。わたしも見世の者には口を酸っぱくして言ってますがね。火を出したりしたら、せっかく蓄えてきたものが灰になっちまうんだから」

長年営んできた安房屋を息子に任せ、いまは関八州の醤油酢廻りと称して醸造元などを行脚《あんぎゃ》している辰蔵が、そう言って猪口を口元に運んだ。

「醤油をつくってるところなんぞも、さぞや気をつけてるんでしょうな」

「もちろんです。何よりの宝になるもろみなどは、火よけの蔵に入れたり、用心深いところは土の中に壺を埋めたりしてます」

「そりゃまた念入りだね」

「命の次に大事なものですからね。醤油、お酢、味噌、味醂《みりん》、それに、酒。それぞれに醸造元が命を賭けて守り育ててきたものです。ゆめゆめおろそかにするな、と息子らには教えてきました」

辰蔵が妙にしみじみとした口調で言った。

座敷から声が響いてくる。心《しん》から温まる澄まし汁をつくりながら、時吉は火消たちの話を聞いていた。

「花の季節まで待った……といったら粋に聞こえるかもしれませんが、なに、おっかさんの一周忌に合わせようと思いましてね」

おちよに向かって、太吉が祝言の日取りについて語った。

「もう夫婦《めおと》みたいなもんだけどね、兄貴んとこは」

「なら、お母さんの喪が明けるまで待ったと」

「ちょうどきりがいいですから」

「宗太が火事で死んだあと、女手一つで育ててくれたおっかさんだ。さぞやあの世で喜んでるだろうよ」

竹一が情のこもった声で言う。

「祝言の席には、おとっつぁんとおっかさんの膳もこしらえてやろうと、おみつとも相談してるんですが」

それが許婚者《いいなずけ》の名前らしい。のどか屋に戻ってきて間もないが、おちよはいきさつをすべて呑みこんだ。

そして、そのうえで、こう切り出した。

「それはご両親もさぞやお喜びでしょう。で、その仕出しの膳はもう当たりがついてるんでしょうか」

「いや、べつにまだ急《せ》くほど差し迫ってないもんで」

「それなら、ぜひうちにやらせてくださいまし。これも何かの縁ですから」

おちよは如才なくひざを詰めていった。

「そりゃいいじゃねえか。のどか屋さんにしな」

かしらも口を添える。

「ああ、ならお願いしますよ」

「段取りをする手間が省けたな、兄貴」

兄弟が笑みを浮かべた。

「どうかよしなに」

厨《くりや》から、時吉は頭を下げた。

包丁を持つことには慣れたが、なにぶん元は二本差し、あきんどにはなかなか慣れない。そのあたりを、料理人の娘のおちよがうまく補ってくれている。

「持つべきものは、いいおかみだね」

辰蔵が声を落としてささやいた。

「ええ、のどか屋のいいおかみで」

「それだけじゃなかろうに」

「そちらの祝言も楽しみだね」

「ほんに」

二人の隠居がそれとなく風を送るように言った。

「今日のところは、こんな具しか入りませんが、ご勘弁を」

時吉はそう断って、澄まし汁の椀を座敷に運んだ。

「おう、こりゃ花麸《はなふ》だね。ひと足早い花だよりだ」

竹一が目を細める。

「おみつのかんざしみてえだぜ」

「兄貴は二言目には『おみつ』だね」

梅次がからかう。

「そりゃそうよ。こんなものまでつくってくれたんだからな」

太吉はふところを探り、銀色の縫い取りが鮮やかな水色のものを取り出した。

「お守りですか？」

時吉がたずねた。

「そうです。火に負けないようにって、ずいぶんと時をかけてつくってくれたんでさ、おみつが」

「また始まったよ。……お、こりゃうめえ。胃の腑にしみわたる」

澄まし汁をひと口啜り、梅次が相好《そうごう》を崩した。

「たしかに、うめえな」

と、かしら。

「祝言の料理が楽しみで」

太吉が笑った。

おちよはお守りを借り、しばらくためつすがめつしていた。そして、太鼓判を押すように言った。

「これなら大丈夫ね。腕もあるし、思いもこもってる。このお守りを見れば、よく分かるわ」

「そいつぁありがたく。おみつが喜びまさ」

「また『おみつ』だよ」

「おめえものろけりゃいいんだ、梅次」

竹一がそう言ったから、のどか屋の座敷に和気が満ちた。

「とにかく、腕によりをかけてつくらせていただきますので。ね、時吉さん」

おちよが時吉を見た。

「一生に一度のことですから、長く思い出に残る料理をお出しできればと」

時吉は言った。

「その意気だよ」

「できれば、お相伴《しょうばん》にあずかりたいね」

一枚板から、隠居たちの声が飛ぶ。

「よろしければ、お越しください。これも縁なんで」

すぐさま太吉が言った。

「いや、そちらにゃよ組の縁者も多かろうに。わたしなんぞが顔を出したら、かかりが増えちまう」

辰蔵が手を振って固辞する。

「なに、その分、たんとご祝儀を包んでやってくれれば」

竹一がうまく水を向けた。

「そりゃあ、いい」

「決まりましたね」

「なら、わたしも」

祝いごとが好きな季川も身を乗り出してきた。

結局、祝言の仕出しはのどか屋、常連の隠居たちも出るということで、うまい調子に話がまとまった。

第二章　従兄弟煮——発端

一

「あっ、階段に気をつけてね」

　お盆を運びながら、おちよが声をかけた。

「はいっ」

　元気のいい返事をしながらも、おっかなびっくり二階へ上がっていったのはおきく。新たに入ったお手伝いの娘だ。

　昼の書き入れどき、のどか屋にはずいぶんと客が入るようになった。それはありがたいのだが、膳を運ぶ手が足りなくなる。時吉はひたすら料理をつくらねばならないから、一枚板の席と、せいぜい土間くらいまでしか手が回らない。小上がりの座敷や二階はおちよが一手に引き受けていたが、滞ることも多くなった。

江戸っ子はとにかく気が短い。なかなか料理が出てこなかったり、注文が厨に通らなかったりすると、「なんでぇ、この見世は」とたちまちそっぽを向かれてしまう。

そこで、昼どきだけ手伝ってもらう娘を入れることにした。一人目のおつうは、良縁を得ていまは惣菜屋のおかみに収まっている。その後釜としてやってきたのが、おきくだった。

物おじせず、愛想もある。気持ちのいい声も出る。看板娘としてはまず申し分がなかった。

身の上話を聞いたところ、母親を早く亡くし、父と兄と一緒に暮らしていた。ところが、大工をやっていた父が中風《ちゅうぶ》で倒れてしまった。幸い寝たきりにはならなかったが、手が思うように動かず、大工のつとめはできなくなった。やむなく、兄とおきくが働きに出て、長屋で養生中のおとっつぁんを助けているという話だった。

「お二階、上《じょう》に変えられますか？」

ほどなく、おきくの声が上から響いてきた。

まだ三日目だが、声を出しすぎて少しかすれている。

「いいわよ。いくつ？」

「はい、承知。……お二階、お膳を一つ上に」

「一つで」

「はい」

厨の時吉に注文が通り、やがて膳が運ばれていく。

昼の書き入れどきの客をうまくさばくために、時吉とおちよはよく相談して、決まった膳を出すことにした。たとえば、ひと群れの職人衆が来て、おれはこれだ、おいらはそれだ、とまちまちに注文したりすれば、どうしてもつくるのに手間がかかってしまう。その群れがどやどやと二つ三つ重なって来たりしたら、どうにもお手上げだ。

そこで、昼の膳は決まったものを出すことにした。これなら、大鍋などでいっぺんにたくさんつくっておいて取り分ければいい。客に出すまでの手間がかからなくなるから、一刻も早く暖まりたい寒い時季などはことに重宝《ちょうほう》だ。

今日の昼膳は、大根飯と従兄弟《いとこ》煮だった。

大根飯にはひと手間かけていた。

飯が盛られた椀を見て、けげんそうな顔になる客は一人や二人ではない。

「おいら、大根飯を頼んだんだけど」

「大根でございますよ」

おちよが得たりとばかりに、笑みを浮かべて答える。

「そうかい……こりゃ金時芋に見えるがなあ」

首をかしげながら食してみると、たしかに大根の味がする。

もちろん、うまい。こりっ、とした歯ごたえが残っている。塩加減も絶妙で、いくらでも胃の腑に入る。

種明かしは、こうだ。

賽《さい》の目に切った大根は梔子《くちなし》で色出しをした水に浸け、歯ごたえが残るくらいの按配で炊く。色がついて金時芋のようになった大根を飯に交ぜ、仕上げに塩を振りかける。

だが、今日の昼膳で手間がかかっているのは従兄弟煮のほうだった。

人参、慈姑《くわい》、蒟蒻《こんにやく》、小豆《あずき》、里芋、豆腐と具だくさんの味噌汁だ。煮えにくいものから追追《おいおい》、すなわち甥甥《おいおい》、煮ていくからその名がついた。

いかにも江戸風の地口《じぐち》だが、存外に歴史は古く、江戸時代より前からあったらしい。

それかあらぬか、ほうぼうの土地に郷土料理として伝わっている。

時吉も郷里の大和梨川で食したことがある。寒風の吹きすさぶ山間《やまあい》の痩せた土地だったから、冬の従兄弟煮はなによりのごちそうだった。

普通の昼膳は以上の二品だが、これだけでは物足りない客のために、上の部もつくった。これには刺し身と小鉢が付く。今日の小鉢は小松菜の黒胡麻和えだ。

近くの皆川町《みながわちょう》に住む青葉清斎《あおばせいさい》という常連の医者は、陰陽五行説に基づく薬膳の造詣《ぞうけい》が深く、時吉は折にふれて教えを請うている。その清斎の助言も容《い》れた、体に風を送る取り合わせの膳だった。

普通の膳を頼んでも、人が上を食べているのを見るとほしくなったりするものだ。その場合は、途中から上に変えてもいっこうにかまわない。

ほかにも食べ方がある。連れ立って訪れた場合は、一人だけ上を頼み、皆で刺し身や小鉢の中身を分けるのだ。

いま一枚板の席に陣取っている大工衆も、刺し身と小鉢を分け合っていた。

「おい、胡麻和えはひとつまみだぜ」

「刺し身が一つ足んねえな」

「おめえ、遠慮しとけ」

「へい、でも……」

「いちばん若《わけ》えのが我慢するんだよ」

こういうささいなことから喧嘩が起きたりする。それに、連れ立ってきてくれる客は上得意だ。この先、祝い事などでまたひいきにしてくれるかもしれない。

時吉はそう心得て、こんなときはほかの客に悟られないように小皿をさりげなく追加したりした。

「これでお納めください」

「いいのかい？」

「二切れずつということで」

「お代は？」

「ご注文どおり、上一つ分だけで結構ですので」

時吉は声をひそめて告げたが、大工衆たちは逆に調子が高くなった。

「おう、そいつぁ豪儀じゃねえか」

「やるねえ、のどか屋」

「さすがは、おめえの妹がめっけた働き口よ」

「ちょ、ちょっと、今日はお忍びで来てるんで……」

見習いとおぼしい大工が、あわてて言った。

「べらぼうめ、お忍びってのはもっと偉《えれ》えやつのことを言うんだ」

「大工の見習いにお忍びなんてあるもんけえ」

「妹がちゃんとつとめてるか心配《しんぺえ》でたまらないっておめえが言うから、おれらが一緒に来てやったんじゃねえか」

大工に隠しごとは不向きだ。話はたちまち筒抜けになった。

「おきくちゃんの兄さんで？」

事情を呑みこんだ時吉は声をかけた。

「へ、へい、親平《しんぺい》と言います。あの、おきくをよしなに、と」

「よしなに、もねえもんだ」

「心配するから親平なんだな」

「はは、こりゃいいや」

周りが囃《はや》し立てているうち、おきくも感づいたらしく、ややあいまいな顔で近づいてきた。

「知らん顔してたのに、もう」

と、ふくれて見せる。

「バレちまったんだからしょうがねえや、おきく」

「なら、これからもみんな連れて来てね」

「分かったよ」

「早くも看板娘じゃねえか、おきくちゃん」

まげをいなせに結った若い大工が言った。

「とんでもない、多助《たすけ》さん。運ぶのが精一杯で」

「初めのうちはそんなもんよ。……お、呼んでるよ」

座敷の奥でおちよの手が挙がっている。

「はあい、ただいま」

「ついでに、これを運んで」

時吉がばたばたと手を動かして膳を渡した。

「はい」

おきくは座敷へ去っていった。

「長屋が一緒なんでさ」

多助と呼ばれていた若い大工が言った。

「それなら、養生しているおとっつぁんも心強いね」

「たまには親平と一緒に湯屋へ運んだりしてます。背負われるのは嫌がるもんで、手を引いて」

「その意気があれば、だんだんによくなってきますよ」

時吉がそう言ったとき、風がいちだんと激しく吹きつけ、障子戸を揺らした。根こそぎ外れてしまいそうな風だ。

「吹くねえ」

「おめえら、足場から落っこちないようにしな」

「へい」

「よその組の話だが、こないだ鉋《かんな》を風で飛ばされて下にいた人が怪我をしたらしい。そんなことになったら、いい物笑いだぞ」

「はは、でも、笑い話じゃないですね、これくらいの風だと」

多助はそう言って、障子戸のほうを見た。

江戸の西北から吹きおろしてくる風だった。ただ強いばかりではない。根っから乾ききった風だ。

おきくの兄の親平、同じ長屋の多助、二人の若い大工を含む群れはほどなく膳を平らげ、仕事に戻っていった。

それと入れ替わるように、隠居の季川が入ってきた。うしろから素早く猫も続く。いつもなら外でひなたぼっこをしている看板猫ののどかだが、あまりの風の冷たさにそそくさと退散してきたらしい。

「いやあ、歩くのに難儀した」

隠居が顔をしかめて、ちょうど空いた一枚板の席の奥に腰掛けた。

「ずいぶん吹いてきましたね」

「出がけはそうでもなかったんだが、だんだんに強くなってきて往生したよ。ばったり安房屋さんにも会ったんだが、蔵が心配だからと言って引き返していった」

「いくら強くても、風で吹き飛ぶような蔵じゃないでしょうに」

「わたしもそう思ったんだがね。安房屋さんには安房屋さんの考えがあるんだろう。……お、とりあえず熱いのを一本」

季川は猪口を傾けるしぐさをした。

安房屋の辰蔵が蔵を見に引き返したのは、虫の知らせがあったからだった。

辰蔵ばかりではない。吹き募る風の音を聞いて、顔に不安の色を浮かべる者は一人や二人ではなかった。

その恐れは、八つ（午後二時）ごろ、かたちとなって現れた。

三河町一丁目の南角に茶漬屋があった。広い鎌倉河岸に面しているところで、人通りが多い。味も良く、なかなかに繁盛している見世だった。

それでも、あるじは慎重なたちで、見世が流行ってもただちに人を増やそうとはしなかった。それがあだになった。

見世の者は、あるじとおかみも含め、一人何役にもなる。厨に張りついていることはない。食材が足りなくなったら、急いで取りに走ることもあった。

その際、火のはたに人がいなくなった。むろん、いちいち消したり熾《おこ》したりしていたらあきないにはならない。

北西からの強いからっ風は、ときおり気まぐれに向きを変えた。それは家並みに当たって妙な具合に渦巻き、突風となって厨の中に迷いこんだ。

その風の手にあおられ、火がふっと盛んになった。

無人の厨で、初めの火の手が上がった。水を汲み置いた火消し壺は用意してあったが、茶漬屋のあるじが戻ったときにはもう遅かった。

「いけねえ」

あるじは水をかけて消そうとしたが、何の役にも立たなかった。厨から見世のほうへ、火はたちどころに、舐《な》めるように燃え移っていった。

「うわ、火だ」

「逃げろ」

すぐさま騒ぎになった。

茶碗が割れる。悲鳴があがる。

茶漬屋の客は先を争って逃げはじめた。


半鐘が鳴った。

ジャンジャン、と続けて二度打つ。

近火《ちかび》の証しだ。

「火だ」

のどか屋の土間で、大根飯をかきこんでいた職人が声をあげた。

「おっ」

一枚板の席から、季川が腰を上げる。

「火を落とします。逃げてください」

時吉はただちに告げた。

おちよと目が合う。

「膳がまだの方、相済みません。風上へ回ってお逃げください」

その声をかき消すように、ジャンジャンジャンジャンと続けざまに半鐘が連打された。

擦《す》り半鐘、いわゆるスリバンだ。

火は近い。

番小屋の屋根などに吊るされた半鐘の鳴らし方によって、火の遠い近いが分かる。遠ければ遠いほど、鳴らし方は間遠《まどお》になる。

逆に、続けざまに打たれると近い。すぐさま逃げなければ火に巻かれてしまう。

「てえへんだ」

「銭は置いとくぜ」

声と足音が入り乱れた。

時吉は水桶で手荒に火の始末をした。

「おきくちゃん、逃げな」

手伝いの娘に告げる。

「はい、でも……」

「見世はいい。足が悪いおとっつぁんのとこへ行ってやりな。長屋の衆もいるだろう。早く！」

おきくはうなずき、駆け出していった。

長屋はのどか屋に近い永富町にある。したがって、火も近い。

「おきく、こっちだ」

親平の声が響いた。

時吉は表に出た。

多助もいた。大工の普請場が近かったから、二人であわてておきくがつとめるのどか屋へ寄ったらしい。

「火はどっちだ」

時吉は訊いた。

「茶漬屋の角で」

「あっ」

親平が指さした。

おきくが短い悲鳴をあげる。

狭い通りを挟んだ向かいの家並み、その向こうに火が見えたのだ。

「神田川のほうへ逃げろ」

ただちに風向きを読んで、時吉は言った。

「柳原《やなぎわら》の土手のほうですね？」

「そうだ。そっちには火は来ない」

いった。

「合点《がってん》で。おきく、早く。おとっつぁんをつれて逃げるんだ」

おきくはうるんだ目で時吉とおちよを見やると、兄と多助とともに小走りに去って

いった。

「浅草なら大丈夫ね」

おちよが問うた。

「この風向きなら」

「なら、長吉屋へ向かいましょう」

季川が言った。

「おちよさん、ご隠居を頼みます」

「時吉さんは？」

「ぎりぎりまで見世を守って、駄目なら一人で逃げます」

「無理しないで」

おちよのまなざしに光が宿った。

ついぞ見たことがないような光が揺れて惑った。

「早く。風上へ」

時吉はうながした。

隠居を逃がさなければならない。おちよは何かを思い切るような表情になった。

「気をつけて」

「ああ。急いで」

「はい」

おちよはきびすを返した。

顔が見えなくなった。

のどか屋の二人は、それきり離れ離れになった。

二

半鐘ばかりではない。板木《ばんぎ》も激しく打ち鳴らされた。こちらは定火消の出陣の合図だ。

火消役の屋敷は目と鼻の先にある。屈強な臥煙たちが、道具を手に火元へ馳せ参じてくる。

むろん、町火消も負けてはいない。後《おく》れを取ったら、よ組の名折れだ。

北西の風にあおられた火はちぎれて飛び、通りを隔てた南東の家並みへ燃え移った。

その裏手にのどか屋がある。

「どけ、どけっ」

同じ「よ」の字を染め抜いた半纏姿の火消たちが、尻をからげていっさんに駆けこんできた。

梯子を抱えて先陣を切っている男に見憶えがあった。梅次だ。

「あっ、のどか屋さん、早くお逃げなすって」

火消の兄弟の弟のほうが時吉にそう声をかけたとき、うしろで悲鳴があがった。

「馬鹿野郎、何やってんだ」

梅次が振り向き、やにわに荒い声を発した。

見ると、龍吐水《てか》が横倒しになっていた。

梅次の手下の一人が足を取られ、角を曲がりきれずに倒してしまったらしい。その拍子に足を痛めた者が、苦悶に顔をゆがめている。

時吉は駆け寄り、火消と一緒に龍吐水を起こした。

「動けるか」

倒れている火消に声をかける。

「面目《めんぼく》ねえ」

どうも無理そうだ。足を引きずりながら一人で逃げるのが精一杯のように見えた。とても火消はできそうにない。

「わたしが代わる。早く水を」

時吉は助っ人を買って出た。

「よし来た、行くぞ」

梅次が大きな身ぶりをしたとき、遠からぬところでよく似た声が響いた。

よ組だ、よ組だ！

ここはよ組の消し口でい。

ほかへ回ってくんな。ここはよ組が引き受けた。

よ組だ、よ組だ！

ふと目を上げると、火の粉がふりかかる屋根で、纏が勢いよく振られていた。

火消の華を持っているのは、太吉だ。

選ばれた剛勇の者が纏を振るたびに、馬簾《ばれん》型の白い吹き流しが揺れる。

「ちっ」

龍吐水の水は、あっけなく尽きた。

用水桶はほかにもある。日頃から、時吉は場所を心得ていた。再び火消とともに水を汲む。声と動きを合わせ、龍吐水に移していく。

「こらえろ、太吉」

鋭い声が飛んだ。

竹一だ。

「纏だ。纏に水をかけてやれ」

今度は火消に命じる。

龍吐水に、再び水が満たされた。

「兄貴!」

梅次が声をかけた。

「おう」

纏持ちが答える。

屋根に火が燃え移り、崩れそうになる前にべつの屋根へ動く。そしてまた纏を振る。

そこはまだ焼け崩れていないことは、纏を見ればすぐ分かる。ただ気勢を上げているばかりではない。火消にとっては、恰好の目印にもなるのだ。

「水だ」

その纏持ちの兄に向かって、弟が龍吐水の水をかけた。

燃え盛る火を消すには心もとない水流だが、纏持ちにかけるには十分だ。火の海の中で、屋根から屋根へ飛び移りながら漂流しているような纏持ちにとって、それはありがたい命の水となる。

「おう、ありがとよ！」

纏を振りながら、太吉は答えた。

「なんの」

弟が龍吐水を動かす。

美しい弧を描き、水は屋根に達した。

束の間、虹がかかったように見えた。

絆《きずな》の水だ、と時吉は思った。

「早く壊せ。燃え広がるぞ」

通りの向こうで、かしらの竹一が叫んだ。

「おう」

鳶口《とびくち》や指俣《さすまた》を手にした火消たちがわらわらと時吉のほうへ近づいてきた。

「邪魔だ、どきな」

「壊せ、壊せ」

意外な成り行きになった。

のどか屋は、火に呑まれはしなかった。燃え移る前に、火消たちの手によって壊されていった。

初めの小さな火なら消せる。しかし、ひとたび燃え広がってしまえば、容易に消すことはできない。

ならば、延焼をなるたけ防ぐ。飛び火して次の通りへ広がらないように、風向きを読み、先回りをして家を壊しておく。そして、火が収まるのを待つ。

後手に回っているようだが、火が盛んになってしまったらそれしかない。

それは時吉も分かっていた。だから、やめろとは言わなかった。

言えるはずがない。火消は懸命に働いている。

昨日まで、いや、つい一時《いっとき》前まではあんなに穏やかだったのどか屋の障子戸が、音を立てて崩された。

「合点だ」

障子戸を閉じれば、「の」が二つ並んで人の顔に見える。道行く者が「こんちは。今日もいい天気だね」とのんきに声をかける。そんな日常は、たった一度の火によってたちどころに失せてしまった。

障子戸が倒され、大きな「の」が見えなくなった。いち早く逃げたのかどうか、姿が見えない猫ののどかのねぐらも地面に落とされた。

思い出の詰まった見世が消える。

何もかも燃えていく……。

もう見るに忍びなかった。火の手も迫った。

早く逃げなければ、挟み撃ちになってしまう。

持ち出したいものはあった。秘伝のたれが入った壺などは見世の中だ。

しかし、もう遅い。

身一つで逃げるしかない。

いつか戻ってこられる。

もはや、これまで。

何かを思い切るように、時吉は崩されていくのどか屋から目をそらした。

そして、いっさんに逃げはじめた。

第三章　命の水——大火

一

半鐘が鳴りつづけていた。

遠くで悲鳴が響く。その声が、おちよの耳の奥で不吉に鳴った。

「こりゃかなわん、前へ……」

一緒に逃げていた季川は、そこで言葉を切った。

前へ進まない、と言おうとしたのだが、まともな向かい風を受け、あとを続けることができなくなってしまったのだ。

おちよはうしろを見た。

のどか屋があった方角に火が見えた。胸に差しこむような痛みが走る。

だが、火の気配はいくらか遠のいた。ただちに呑まれそうな勢いではない。

「ご隠居さん、こちらへ」

おちよは季川の手を引き、東へ向きを変えた。

「風上じゃなくていいのかい？」

「だって、まともに歩けないでしょ。看板や瓦だって飛んできます」

「ああ。目も開けていられないくらいだ」

「いくらか火の道筋とは離れてるはず。まともに風に逆らって逃げるのは無理です」

「わかった」

神田多町《たちょう》の通りを北に向かって逃げていた二人は、脇道に入った。

「どけ、どけっ！」

砂塵を舞い上がらせながら、勢いよく大八車が疾走していった。

脇へそれたのは正しかった。半鐘で音が聞こえづらくなっている。火から逃れても、大八車に轢《ひ》かれたり、飛んだり落ちたりしてくるものに当たったり、思わぬ危険が待ち受けている。

「このまま、浅草へ」

「神田川を目指せばいいね」

「ご隠居さん、息は」

「だいぶ切れてきたが、大丈夫だ。安房屋さんは無事だといいが」

時吉さんも、と言おうとして、おちよは言葉を呑みこんだ。

言えば軽くなってしまうような気がしたのだ。胸の池に、思いは深く沈めておくのがいい。

屋根から飛び下りた猫が一匹、素早く路地へ姿を消した。

「のどか……」

おちよは声をかけそうになった。

茶と白の毛並みの感じがのどか屋の福猫に似ていたが、むろん違う猫だった。

猫のことだから、きっといち早く逃げただろうが、どこかで煙に巻かれていないとも限らない。時吉や見世の常連もさることながら、のどかの身も気になった。

再び、表通りに出た。

往来は逃げ惑う者たちでごった返していた。

「燃えてるぞ」

声が飛ぶ。

「鎌倉河岸がやられた」

「柳原も火の海だってよ」

「馬鹿野郎、どっちも燃えるかよ」

「てやんでえ、火が回ってるんだ。逃げ遅れるな」

だれもかれも喧嘩腰だ。形相《ぎょうそう》が変わっている。

おちよと季川は軒下で足を止め、互いに顔を見合わせた。

火事場で恐ろしいのは火ばかりではない。

流言蜚語《りゅうげんひご》も、うかつに信じたら命取りになる。わずかな判断の誤りが、取り返しのつかない事態につながってしまうのだ。

「どっちです？　ご隠居」

おちよは早口でたずねた。

「東へ東へ逃げたら、大川（隅田川）に出るさ。そこから浅草へ向かえばいい」

隠居が行く手を指さす。

「分かりました」

「半鐘と煙の具合で、そのうち察しがつくだろう。行こう」

「はい……あっ！」

おちよは声をあげた。

急いで歩きだそうとしたとき、異変が起きた。

草履の鼻緒が、ぷつっと切れてしまったのだ。

身一つで逃げてきたから、替えは持ち合わせていない。おちよは瞬きをし、切れてしまった鼻緒を見た。

絆《きずな》のように赤い鼻緒だった。

「平気かい？」

隠居が案じ顔でたずねた。

「ええ、平気です」

おちよは思い切って、鼻緒の切れた草履をふところに入れた。

「片方は足袋《たび》だけで逃げます」

「なかには湯屋から裸で逃げてる人もいるだろうからね」

季川はとっさにそう言って、笑みを浮かべた。

こんなときこそ、冗談を飛ばして気持ちを和らげる。そのあたりは年の功だった。

「よし。じゃあ、行こう」

「はい」

「しっかり前を見て」

「前を見て」

おうむ返しに言うと、おちよはまた歩きはじめた。

先日の雨のせいで、道にはまだぬかるみが残っていた。その冷たさが、足までじかに伝わってくる。

おちよはふところに入れた草履を触った。絆を元どおりにしようとするかのように、着物の上から触った。

(ご無事で。

時吉さん……。

どうか、ご無事で)

そう祈りながら、おちよは前かがみになって先を急いだ。

同じころ――。

時吉は一つの岐路に立っていた。

半鐘はむやみに鳴っている。逃げろ、早く逃げろと急かせる。そのせいで、どちらが火の本元か察しがつかなくなった。

風が吹きすさぶ。

まだ焼けていない家並みに当たると、強い風は微妙に向きを変えて、思いがけないつむじ風になる。

屋根がはがれて飛ぶ。瓦が飛び、物干し台が崩れ落ちる。

手で半ば顔を覆いながら、時吉は前へ進んだ。

風にあらがい、風上へ進めば難を免れることができる。頭ではそう分かっていた。

だが、その風向きが読めなくなった。あまりにもころころと向きが変わるのだ。

向こうから逃げてくる者とすれ違うたびに不安になった。

進む向きを間違えているのかもしれない。行く手には、もう火の手が回っている。

だから、この者たちはいま命からがら逃げてきたのかもしれない。

「急げ」

「水だ。水のほうへ逃げれば平気でい」

「御堀に飛びこめばいいんだ」

「燃える水はねえからな」

「違《ちげ》えねえ」

すれ違ったばかりの者たちの声を聞いた時吉は立ち止まり、一呼吸おいてからきびすを返した。

故郷の大和梨川は四方を山に囲まれた盆地だが、小さいころは小川でよく泳いだ。朋輩《ほうばい》とともに鮒《ふな》をつかんで遊んだ。

泳ぎにはそれなりに覚えがある。少なくとも、長く浮いてはいられる。とにもかくにも堀に飛び込んで、安全な方角を見定めてからゆっくり泳いでいけばいい。

絶え間なく連打される半鐘も、時吉の判断を狂わせた。

急げ、急げ、と鐘は急かせる。

この風だ。

ひとたび炎を含めば、ひと息で呑みこまれてしまうだろう。

時吉は水のほうへ逃げようとした。ここから鎌倉河岸までいっさんに走れば、御堀はすぐそこだ。

「待ちな」

少し走ったところで、声がかかった。

その言葉が、時吉の運命を救った。

声をかけたのは、鎌倉町の半兵衛《はんべえ》。このあたりを縄張りにしている十手《じって》持ちだ。

「こっちは火の海だ。逆へお逃げなせえ、時吉さん」

「火の海……」

時吉は背中に水を浴びたような心地がした。

「死にたくなかったら、こっちだ。先に行くぜ」

そう言うと、半兵衛はすぐさま駆け出していった。

いつもは立ち居ふるまいに一分《いちぶ》の隙《すき》もない十手持ちだが、いまは尻をからげて走っている。そのあとを、時吉は必死に追った。

半兵衛は足が速かった。雪駄《せった》だが、裏がよく見える。足がそれだけ上がっている証しだ。

その背が小さくならないように、前を走る者と呼吸《いき》を合わせて、時吉も懸命に走った。

半兵衛の判断は正しかった。時吉があのまま鎌倉河岸に向かっていたら、たちまち火の渦に巻かれてしまっただろう。

火は龍閑橋を飛び越え、本銀町《ほんしろがねちょう》や本石町《ほんこくちょう》にまで移っていた。

ここいらは、い組の縄張りだった。よ組ほどではないが、五百人近い大所帯だ。

「い」の字を配した纏が揺れる。

半鐘ばかりではない。時吉の心の臓も早鐘のように鳴った。大八車にさえぎられたり、人波に抗《あらが》ったりしているうちに、半兵衛の姿は見失ってしまった。どこをどうたどっているのか、町並みに見憶えがなくなった。

おちよは無事に逃げたかどうか。いまごろは浅草に向かっているだろうか。

そう案じながら、時吉は先を急いだ。

「また火が飛んだぞ」

「駄目だ。全然消えねえ」

「大火だ、大火だ」

ほうぼうで声が飛ぶ。

心の臓がかすかに痛んだ。

火消したちは無事か。のどか屋に来てくれたばかりのよ組の人たちは難を逃れただろうか。

坂をいくらか駆け上がったところで、時吉は振り向いた。

だが、纒は見えなかった。

火消しの誇りは、いちめんの火と煙にかき消されて、見ることができなかった。

二

東へ逃げるつもりだったが、半鐘の鳴り方と風向きを考えながら進んでいるうち、おちよと季川は柳原の土手に着いた。

「ここまで来れば、もう大丈夫だろう。ちょいと休ませておくれ」

隠居はそう言って、乱れた息を整えた。

「はい」

おちよも短い返事しかできなかった。

いつしか足袋も破れていた。どこかで傷を負ったのか、ずきりと痛む。

柳原の土手は、筋違橋《すじかいばし》から浅草橋まで長く続く。向こうは神田川だ。いつもは古着を安く売る見世がずらりと並ぶところだが、むろん今日は早々にしまわれていた。

ほかにも火から逃げてきた人たちがいた。いざとなれば、うしろの神田川に飛びこむことができる。水のはたにいるのは心強かった。

「あっ、あれは……」

ややあって、おちよは大きな目を瞠《みは》った。

土手の上手《かみて》に、見憶えのある人影があった。

青葉清斎だ。

しかも、一人ではない。妻の羽津《はつ》も、二人の息子もいる。弟子たちも、ここまで大八車で運んできたとおぼしい患者たちもいた。皆川町の診療所からまるごと逃げてきたらしい。

「おや、清斎先生だね」

季川も気づいた。

「行ってみましょう」

近づくと、容易ならぬ事態になっていることが分かった。

清斎は本道（内科）の医師だが、羽津は産科だ。同じ皆川町で開業していた故片倉《かたくら》鶴陵《かくりょう》先生の薫陶《くんとう》を受け、その医術を継いでいる。

切羽《せっぱ》詰まったうめき声が聞こえた。どうやら患者の一人が逃げる途中に産気づいてしまったらしい。

「ああ、ご隠居さんとおちよさん」

清斎がふと顔を上げた。

「ご無事で」

隠居が短く言う。

「急いでここまで逃げてきました。診療所が焼けたかどうかは分かりません」

清斎はいつもより早口で言った。

平気よ。肩の力を抜いて。

ゆっくり息を吐いて。

一《ひ》の二《ふ》の、ふーっと……。

陣痛で苦しんでいる女に優しく語りかけていた羽津は、おちよに向かって会釈をした。

「何かお手伝いをしましょうか」

おちよが言う。

「では、お産が始まったら、優しくおなかをさすってあげてください。無事に生まれてくるようにとお祈りしながら」

「分かりました」

おちよは土手にひざをつき、女の手を握った。

「大丈夫ですよ。じきに生まれます。何も案じることはないですから」

そう声をかけると、女は弱々しくうなずいた。

「のどか屋にいたんですか?」

いくらか離れたところで、清斎と季川が話を始めた。

その声が、おちよの耳に届く。

「半鐘を聞いて、あわてて逃げてきてね」

「時吉さんは?」

「ぎりぎりまで見世を守って、駄目なら逃げるって時さんは言ってたんだが……火はのどか屋まで来ただろうかねえ」

「どうでしょう。火の筋にかかったかどうか、微妙なところかもしれません。うちの診療所もそうですが」

「診療道具や薬などは?」

「持って逃げられるものだけ、とりあえず携えてきました」

清斎はそう言うと、軽くあごをしゃくった。

向こうから、少年が二人、小者とともに何かを運んできた。清斎と羽津の息子たちだ。まだ小さいころから診療所の手伝いをしている。

運ばれてきたのは金だらいだった。産湯を沸かすことができないから、やむなく川の水を使うことにしたらしい。

「ただいま戻りました、お母様」

「ご苦労様。そこへ置いて」

「はい」

ほかの患者を診ていた清斎が手を止め、ぎやまんの霧吹きを取り出した。

ふしぎなまじないのように、金だらいの水に吹きかける。それで毒を消すようだ。

「おちよさん、その足は？」

医者が目ざとく見つけた。

「鼻緒が切れてしまって、どこかで痛めたかもしれません」

「では、消毒しておきましょう」

ぎやまんの霧吹きは、今度はおちよの足に向けられた。

吹きかけられるとひりっとする痛みが走ったが、おちよは声を出さなかった。陣痛に耐えている女に比べたら、こんな痛みはなにほどのものでもない。

「もうすぐですからね、おたえさん。息を整えて、波をつくるようにしましょう」

女はおたえというらしい。苦しげに顔をゆがめたまま、羽津に向かってかろうじててしまえば心丈夫だ。

「急げ、急げ」

「火はどうなった？」

「まだ燃えてら。十軒店《じゅっけんだな》のほうへ燃え移ったぞ」

声が飛ぶ。

「そいつぁてえへんだ。三河町に妹が住んでたんだがな」

「あいにくなこった。そこいらはもう燃えちまったぜ」

それを聞いて、おちよの胸が、きやっと痛んだ。

「そうかい……無事を祈るしかねえな」

「きっと無事だろう。うまく逃げてきたやつもたんといるんだからよ」

「ありがとよ」

そこで声は聞こえなくなった。

代わりに、おたえがいままでとは違う声をあげた。

「もう少し、がんばって」

羽津が励ます。

「大丈夫ですよ。じきに生まれます」

ひとたび内心を覆った黒い群雲《むらくも》のごときものを振り払い、おちよは妊婦の手をしっかりと握った。

その手に、力がこもる。

新たな命を生み出そうとする女の指の力が、おちよに痛いほど伝わってきた。


そして、そのときが来た。


大火のさなかにこの世に生まれてきた小さなものを、女医者はていねいに取り上げ、臍《へそ》の緒を切った。

金だらいに張ったもので洗うと、ややあって、赤子は呱々《ここ》の声をあげた。

「男の子ですよ。元気です」

羽津の弾んだ声が響いた。

「よかったですね。お疲れさま」

ほかの患者の包帯を取り替えていた清斎が声をかけた。

「ほっとしたよ。おお、元気そうな子だ」

季川が覗きこみ、笑みを浮かべた。

ってくる。

(あっちが、浅草だ。

ここから急げば間違いない。長吉屋に着く。

そこでおちよさんが待っている)

時吉は一つうなずいて、その方向へ逃げようとした。

そのとき、声が聞こえた。

風に乗って、うしろから、泣き叫ぶ声が響いてきた。

赤子だ。

火の中に取り残されたのかどうか、おそらくは顔じゅうを口にして泣き叫んでいる。

振り向くと、煙がつんと鼻をついた。

あいまいな暗い壁のようなものが、時吉の行く手に広がっていた。

まだ焼けていない東のほうに纏が見える。しかし、よ組のものではない。ここいらを縄張りにしているのは、い組だ。

赤子の泣き声は空耳ではなかった。

さらに募る。

早く早く、助けて、助けてと訴える。

もう矢も楯もたまらなかった。

泣いているのは、おちよのような気がした。あの子を助けなければ、おちよも助からない。そんな気がしてならなかった。

時吉は駆け出した。それは浅草とは逆の方向だった。

「おい、あべこべだぜ」

「焼かれて死ぬぞ」

「引き返せ」

すれ違った者から、鋭い声がかかる。

時吉は答えなかった。

泣いている声の芯へと、いっさんに走っていった。

「どこだ？」

時吉はそう言って息を止めた。

長屋木戸をくぐり、裏長屋へ突っこんでいく。

煙はもう回っていた。手で顔を押さえながら、時吉は赤子を探した。

泣き叫ぶ声が弱々しくなった。それきり消えれば、居場所が分からなくなってしまう。その前に、火の手が回って長屋ごと崩れてしまうかもしれない。

あわや、というところで、思い出したように赤子が泣いた。夕日の最後の輝きのような泣き声だった。

ここだ、と思った。

時吉は一気に中へ飛びこんだ。

そこにいたのは赤子だけではなかった。母親とおぼしい女の姿もあった。

だが、もういけなかった。心の臓に差しこみでも来たのか、母は両目をかっと開いたまま事切れていた。

「しっかりしろ！」

肩をゆさぶってみたが、答えない。

目も動かない。

母の指は曲がっていた。曲がったままこわばっていた。

何かを必死につかもうとしているように見えた。赤子の命を、一身を賭《と》して、どうにかして守ろうとしているように見えた。

その思いが伝わってきた。

声が聞こえたような気がした。

（この子を、頼みます。
どうか、この子の命だけは……）
一つ強くうなずくと、時吉は女の目を瞑《つむ》らせた。
そして、ぐったりしてきた赤子を胸に抱いた。
煙を吸わせないように、両手で大事に抱きかかえる。
がらがらっ、と、何かが崩れる音がした。
障子戸の向こうの色が変わる。
……火だ。
ついそこにまで迫っている。
地鳴りがした。荒神棚《こうじんだな》が外れて落ちる。
赤子を抱いたまま、時吉は裏長屋から逃げ出した。
わずかに遅れて、障子戸がぱっと燃えあがった。
たちまち崩れる。
火の海に包まれる。
まだ逃げ果《おお》せたわけではなかった。長屋の道は狭い。建物が根こそぎ倒れてきたら、
行く手をふさがれてしまう。

火煙は徐々に濃くなってくる。煙を肺の腑まで吸いこまないようにしながら、時吉は身を丸めて逃げた。

その背へ……。

火のついた木が崩れてきた。

長屋木戸に火の手が回っていたのだ。

痛みと熱さが、一瞬、時吉を怯《ひる》ませた。

だが、退路はなかった。

引き返しても火の海だ。進むしかない。

前へ。

木戸に続いて、建物まで焼け崩れる……その寸前に、赤子を抱いた時吉は火の輪をくぐって長屋を抜けた。

しかし、背がまだ熱かった。

燃えている。

着物が焼けているのだ。

時吉は駆けた。

火を消すのは後回しにして、少しでも安全なところまで、力を振り絞って走った。

ほどなく、背中から首にかけてが我慢できない熱さになった。

「ここにいろ」

赤子を道端に置くと、時吉はやにわにあお向けになった。

そのあたりの道にはぬかるみが残っていた。水たまりもある。そこに背をつけて、身をよじり、時吉は懸命に火を消そうとした。

すでに火傷《やけど》になっている。耐えがたい痛みが走った。

だが、火は消えた。

致命傷になるまでに、どうにか消えてくれた。

ほっとしたのも束の間、続けざまに咳が出た。

煙を吸いこんだせいだ。目もちかちかして見えづらくなっている。

その視野の端に、赤子が映った。

時吉に抱かれていたときはぐったりしていた赤子だが、また思い出したように泣きだした。

(大丈夫だ。

泣く元気があれば助かる。

いや、助けなければ)

激痛に耐えながら、時吉は再び立ち上がった。
火はまた迫ってきた。
遠くで悲鳴が聞こえる。
さぞや多くの人の命が失われたことだろう。いま火に包まれている人もいるだろう。
そのすべてを助けることはできない。
しかし、目の前にいるこの子だけは助けられる。
助けなければ。
思いを残して死んだ母親の顔が、はっきりと甦ってきた。
「行くぞ」
背の痛みに耐えながら、時吉は赤子を胸に抱いた。
名も知らない赤子がいやいやをする。
「ぐずらないでくれ。おとっつぁんだと思え」
そう言い聞かせると、時吉はまた走りだした。

四

「どうも、ありがたく」

赤子を産んだばかりのおたえが、しっかりとおちよの手を握った。

「養生なさってくださいね」

おちよも握り返した。

「あの、いずれ落ち着いたら、亭主と一緒にごあいさつをと」

「ほう、ご亭主は無事なのかい？」

見守っていた季川が問う。

「……と思います。亭主は左官で、今日は川向うの仕事ですから」

「それじゃ、いまごろは探してるかもしれないね」

「ええ。行き違いで、火に近づいてなきゃいいんですけど」

おたえは案じ顔になった。

「渡り仕事の左官さんなら、日頃から何が剣呑《けんのん》なのか身に染みて分かってるから、案じることはないでしょう。そのうち姿を現して、わが子を胸に抱いてくれますよ」

「ええ、この子、あの人に顔立ちがそっくりで」

「はは、男前のご亭主なんだね」

季川が言ったが、おたえははにかんで答えなかった。

「なんにせよ、精をつけて、いいお乳をあげないとね」

羽津が笑顔で言う。

「それと、あまり無理をなさらないように。初めのうちはできないことが多いでしょうが、ゆっくり、あわてずに」

ほかの患者を診ていた清斎も声をかけた。

皆川町から連れてきた患者ばかりではない。通りかかった者から診察を請われると、清斎は別《わ》け隔《へだ》てをせずに快く応じた。おかげで、柳原の土手はますますにわか診療所の趣になった。

「ありがたく存じます」

おたえがこくりとうなずいた。ほおには少し赤みが戻っている。

「じゃあ、あたしとご隠居さんはこれで失礼します」

「ああ、気をつけて。どちらへ向かわれます？」

清斎がたずねた。

「浅草の実家へ行きます」

そこから先は、おたえに向かって告げた。

「福井町に長吉屋という料理屋があります。そこに身を寄せてますから」

「必ず、亭主とこの子と一緒に御礼にうかがいます」

「三河町でのどか屋という小料理屋をやってたんですけど、もう燃えちゃったかもしれないので」

おちよはそこで無理に笑ってみせた。

「お一人で？」

「いえ……元武家の、優しい料理人さんを立てて、やってました」

一言《いちごん》一言をかみしめるように、おちよは言った。

「ご無事だと、いいですね」

おたえも言葉を切る。

「ええ」

「じゃあ、気をつけて」

また手に力がこもった。

なかなかに離しがたかったが、おちよは何かを思い切るようにおたえの手を離し、もう一度うなずいてから歩きだした。

おたえや清斎たちと別れたおちよと季川は、柳原の土手づたいに東へ歩いた。

「相変わらず、鳴ってるね」

隠居が顔をしかめる。

半鐘は止む気配がなかった。日本橋のほうへ移っている。渦巻きながら空へ立ちのぼっていく煙には、まだ赤いものも交じっていた。

「そろそろ収まってくれるといいんですけど」

おちよが言った。

清斎からは余っていた草鞋《わらじ》をいただいた。足に手当てもしてもらったし、格段に歩きやすくなった。

それでも、まだ痛みはあった。同時に心も痛んだ。時吉を……それに、猫ののどかも見殺しにして、わが身だけいっさんに逃げている。そんなうしろめたさを拭い去ることができなかった。

「いくら風があると言っても、日本橋は越えられまいて」

隠居が言った。

「だといいんですけど」

「火消の連中もここを先途《せんど》の働きを見せてるだろう。おっつけ消えるに違いない」

「ええ」

季川が俳句の師匠で、おちよが弟子。いつもなら、この二人が連れだって歩けばにわか句会の趣になるのだが、もちろん今日はそんな余裕などあるはずがない。俳句は平時の遊びだ。

「それにしても、凍えそうな風だね」

隠居は背を丸めて歩いていた。

「体の芯まで冷えます」

「この冷たさで火を消してくれればいいんだが」

「それは無理な注文で」

「そうだな。水じゃなきゃね」

そんな会話を交わしながら歩いていると、行く手に人だかりが見えた。

声も聞こえる。

お助け、お助け。

あったかい麦湯のお助けだよ。

甘い砂糖もたっぷり入ってるよ。

お助け、お助け。

さあさ、飲んだり、飲んだり。


「おお、こりゃありがたい」

季川が足を速めた。

「わあ、あったまる麦湯……」

おちよも続く。

着いてみると、口上《こうじょう》は「お助け」だったのに、一杯の麦湯には馬鹿にならない値段がついていた。なんともしたたかなあきないぶりだ。

「ま、仕方ないやね。ここはわたしが持つよ」

隠居が苦笑して巾着を取り出した。

「ありがたく存じます」

おちよは一杯の麦湯を受け取り、大事そうに飲んだ。

こんなにおいしい麦湯を飲むのは初めてだった。火事の最中だから、外で火は使っていない。近くの菓子屋が見世の中でわかして、焼け石の上に大鍋を載せて運んできたものだった。

だから、舌を焼くような熱さではない。多少はぬるくなっている。

それでも、麦湯の温かさ、それに溶かしてある砂糖の甘さが五臓六腑《ごぞうろっぷ》にしみわたるかのようだった。

「うまいねえ……これなら、割増でも仕方ないか」

隠居はそう言って、ほっと息をついた。

「ほんとに、心までほっこりします。まるで……」

のどか屋の小料理みたい、と言おうとして、おちよは言葉を呑みこんだ。

のどか屋は、もう燃え尽きてしまったかもしれないのだから。

心をこめて切り盛りしてきた小料理屋は、いともあっけなく崩れてしまったかもしれないのだから。

わきあがってくるさまざまな思いをなだめながら、おちよは一杯の麦湯を大事に飲み干した。

麦湯を飲んで喜んでいる客ばかりではなかった。「お助け」と言いながら銭を多めに取る料簡が気に入らねえ、と食ってかかる者もいた。

「ほんとに『お助け』で振る舞ってたら、後々に菓子屋でもっと高《たけ》えものを買ってやったのによう。おれだけじゃねえ。みんな、そうだろうよ。あんときの御礼に、あの見世をひいきにしてやろうじゃねえかと思うところだ。目先の利に目がくらんで大損したな」

ひねくれた物言いだが、一理はあった。麦湯を振る舞う菓子屋も、あえて抗弁はしなかった。

「なら、行こうか。風向きが変わらないうちに」

隠居が暗い空を見てから言った。

「ええ、長吉屋までもう少しですから」

「案外、時さんが先回りしてるかもしれないよ」

「遅かったじゃないですか、案じてたんですよ、って」

おちよは時吉の声を真似て答えた。

もしそうだったら、どんなにいいだろう……。

そう思いながら、おちよは先を急いだ。

火は十軒店から、さらに南東へと拡がっていた。

駿河町、室町、品川町、小田原町と焼け拡がり、本船町に迫った。

ここで、思わぬ惨事が起きた。

荒布橋《あらめばし》という橋がある。火が迫ってきた本船町から堀を越え、小網町へと渡る橋だ。

この橋に、群衆が殺到した。

逃げ惑う人々で押し合いへし合いしているうちに、橋の欄干がその重みに耐えきれなくなった。

どっ、と音を立てたかと思うと、欄干は左右に開けて水中に落下した。

支えを失った人々も落ちた。数珠つなぎになっていた者たちも、あとからあとから落ちていった。

火ばかりではない。そんな悲惨な出来事もあった。

あわやというところで助けた赤子を抱いて、時吉はなおも逃げつづけていた。

風は強い。

火から離れていても、ときおり物が飛んでくる。赤子に当たらないように、両手でしっかりと抱き、背を丸めて時吉は歩いた。

そのせいで、火傷を負ったところがなおさらうずいた。まるで背が割れるかのようだ。

火はどうにか消えたとはいえ、水をかけたわけではない。背中いちめんが火傷でふくれていて、徐々に耐えがたい痛みになってきた。

赤子も泣く。

ひもじいのかどうか、その泣き声の調子が変わってきた。前より弱々しくなってしまったように感じられた。

「よしよし、もう少しだ」

短い言葉をかけながら、時吉は先を急いだ。

浅草の長吉屋までたどり着ければ、助かる。

兄弟子《でし》や弟弟子のところには乳飲み子もいる。もらい乳もできるだろう。

そこまで行ければ……。

だが、もう限界が近かった。

額からは脂汗が流れていた。喉がむやみに乾く。

目もかすみはじめた。瞬きをすると、ちいさな砂のようなものが散った。

それでも時吉は前へ歩いた。いくらつらくても、前を向いて歩くしかなかった。

橋本町の角を曲がったとき、行く手に樽が見えた。

まぼろしではなかった。

商家の者たちが総出で見世先へ出て、焼け出されてきた人々に水や簡単な食事をふるまっている。

「水を……」

時吉はよろめきながら近づいた。

「これはこれは、ご難儀を。さあさ、どうぞ」

あるじとおぼしい男が率先して柄杓《ひしゃく》を渡そうとした。

「お子さんを、こちらへ」

おかみが手を伸ばす。

「ひもじいようです。できれば、お乳を」

わが事は後回しにして、時吉はまず赤子を託した。

「うちの賄《まかな》いに産んだばかりの者がおります。お乳でしたら、それはもうたんと出ますので」

おかみは笑みを浮かべると、赤子を受け取って慣れた手つきであやしはじめた。

「おお、よしよし、こわかったね。もう大丈夫ですよ。よしよし」

時吉はほっとして柄杓を受け取り、一気に飲み干した。

ただの水だが、生き返る心地がした。

命の水だ。

「もう一杯いかがでしょう」

あるじが問う。

時吉は無言で柄杓を差し出した。言葉にならなかった。

ありがたく二杯目を飲んだとき、あるじが時吉の火傷に気づいた。

「お背中にも、水を」

「そうしていただければ、助かります」

「かしこまりました」

あるじは見世の者を呼び、時吉の背に水をかけさせた。

「痛みましたら、相済みません」

そう断って、火傷を負った背中を冷やす。

手代とおぼしい若い者も、言葉遣いがしっかりしていた。見世の教えが行き届いている証しだ。

上総屋《かずさや》という人形問屋だった。火傷を冷やしてもらっているあいだ、時吉は見世に並ぶ雛の顔を見ていた。その顔つきは、なんとも言えないほど穏やかだった。

「どちらでご難儀に遭われました？」

あるじがたずねた。

「三河町です。のどか屋という小料理屋をやって……おりました」

おります、とは答えられなかった。見世はもう焼けただろう。

「それは、重ねてのご難儀で」

時吉の顔をちらりと見て、あるじは気の毒そうに言った。

こめかみからほおにかけての火傷の跡は、過去の火事で負ったものではない。まだ武家のしがらみに搦《から》め捕られていたころ、面体《めんてい》を変えようとして時吉が自らの手で焼いたものだ。

痛みをこらえてわずかにほほ笑んだだけで、時吉は何も答えなかった。ここで詳しいいきさつを述べるわけにはいかない。

それに、あるじが早合点したとおり、顔の火傷もかつて火事で負ったことにしようと思った。

江戸の町には火事が付き物だ。生涯に二度、三度と住むところを失う者も少なくない。そのたびに、ひと息ついてから、あるいは悲しみを乗り越えてから、前を向いてまた歩きだす。

江戸はそういった人々の心意気によって支えられてきた。焼けるたびに、たくさんの人々の力で江戸という大きな車輪を回して立ち直ってきた。その力の一つに、自分もなろうと時吉は思った。

水ばかりではない。なにより人の情が心にしみた。ひとたび失われかけた力が甦ってきた。

ほどなく、おかみに抱かれて赤子が戻ってきた。

「赤さん、お乳をたんと呑まれました」

「ありがたく存じます」

「ほら、坊ちゃん、お父さまですよ」

おかみは勘違いしていたが、時吉は何も言わなかった。

うかつなことに、赤子を抱いて逃げるのが精一杯で、男か女かも確かめていなかった。名はもちろん知らないが、この子は男の子らしい。

「よし、おいで」

まだ背はずきずき痛むが、時吉は立ち上がり、赤子を腕に抱いた。

そのまま辞すつもりだったが、上が焼けただれたその恰好では寒かろうと、あるじはさらに綿入れを取ってきてくれた。

「着古しで相済みませんが、よろしければお持ちください」

「いや、そこまでしていただくわけには……」

「こういうときに遠慮は無用です」

あるじは笑みを浮かべた。

「実は、わたしもかつて焼け出されたことがあります。売り物をすべて焼かれて、身内も見世の者もいくたりかなくしました。そのときは、ほかの方々から受けた情が泣きたいほどありがたかったものです。ですから、こうやって難儀をしている人たちに施しをするのは、あのときのささやかな恩返しなんです」

「分かりました。では、ありがたく頂戴します。それから、いずれまた難儀をしている方に、この綿入れを」

「そうしてください」

往来が途切れることはない。憔悴《しょうすい》した面持ちで、焼け出された人々が通り過ぎていく。あるじはまたべつの者に「水はいかがですか」と声をかけた。

最後におかみに礼をすると、赤子を大事そうに抱え直し、時吉は再び歩きはじめた。

第四章　人参汁――再起

一

長吉屋は早じまいになった。

同じ江戸の中で大火になっているのに、のんきに酒などを呑む者はいない。仕出しも入っていなかったから、思い切ってのれんをしまうことにした。

その代わり、余った飯は握り飯にして、焼け出されてきた人たちに配った。玉子も厚焼きにして出した。おかげで、長吉屋の前には人だかりができていた。

見世に戻ると、季川は疲れたと見えて奥ですぐ休んだが、おちよは握り飯を配る役を買って出た。

「足が痛えなら、休んでな」

長吉が娘のおちよに言った。

「平気よ。休むから痛くなるの」

「口だけは減らねえな」

豆絞りの鉢巻きをした初老の料理人は苦笑いを浮かべた。

いつもは笑うと目尻にたくさんしわが寄り、こわもてが一気に崩れるのだが、今日の笑みはいささかあいまいだった。

無理もない。おちよが時吉とともに切り盛りしてきたのどか屋は、思いがけない火をもらって焼けてしまったようだ。時吉のゆくえも分からない。

「それにしても早火《はやび》だったな」

「うん、あっと言う間だった」

「火は怖《こえ》えや……お、できたな」

長吉は見世のほうを見た。

弟子が二人、大きな鍋を運んでくるところだった。湯気と汁の香りが漂ってくる。

握り飯だけでは暖がとれない。なかには着の身着のまま逃げてきた者もいる。これから日が暮れてくれれば、吹きすさぶ風はさらに冷たくなるだろう。

そこで、汁もふるまうことにした。すぐ冷めないように焼け石を下に敷き、どうかした拍子に倒れたりしないようにしっかりと鍋を置く。

「よし、これで大丈夫だ」

長吉はまじないでもかけるように、お玉で鍋の縁をコンとたたいた。

すでに列ができている。焼け出された者は今や遅しとあたたかい汁がふるまわれるのを待っていた。

「そいつ、いくらだい？」

声が飛ぶ。

「お代は無用でございますよ。ただ、あいにくの火で焼け出されて困っている方に限らせてもらいます。なにぶん限りがあります。無料《ただ》だからってんで割りこむ人は、ちょいと後生が悪かろうと」

長吉がにらみを利かせると、二、三人、苦笑を浮かべて列を離れた。

「何の汁だい？」

「へい、人参汁で」

うしろのほうで、また声が響いた。

「始めていい？　おとっつぁん」

「ああ、いいぞ。どんどん、やっとくれ。……おい、次のもちゃんと按配《あんばい》しとけよ」

長吉は見世の中へ声をかけた。

「人参汁って、ちょいと見たところ、人参は入《へえ》ってねえじゃないか」

前のほうに並んだ男が、不審そうに言った。

「具は大根でございます」

「なのに、どうして人参汁なんだい？」

「人参切りにした大根を入れるので、人参大根の汁をつづめて人参汁と呼んでます」

「けっ、まぎらわしいな」

人参切りは大きな輪切りだ。やや細目の大根を同じように輪切りにして面を取り、味噌汁の具にする。ひと塩をした鯛をあしらえば上等な汁にもなるが、今日は魚のつみれを加えてあった。

名は人参汁だが、人参が具なのではなく、大根の切り方が人参切りだという、半ば謎かけのような料理だ。いかにも洒落好きの江戸っ子が考えそうな趣向だった。

「あったまりますよ。さあさ、どうぞ」

おちよがその人参汁をふるまう。

大根は頃合にほっこりと煮えている。やや濃いめの味噌汁が、五臓六腑《ござうろっぷ》にしみわたる。

うめえ、うめえの声が、ほどなく幾重にもかさなって響きはじめた。

「大根が赤くなってるように見えるぜ。人参みてえによ」

「人情の赤だな」

「おいら、こんなにうめえ汁は飲んだことがねえ」

焼け出されてきた者のなかには、思わず落涙する人もいた。

だれか家族が亡くなったのかどうか、長吉もおちよもあえてたずねはしなかった。

それもまた人情だ。

列に並ぶ人を待たせないように、おちよはせわしなく手を動かしていた。声も出した。そうしていれば、多少なりとも不安をまぎらわすことができるからだ。

ともに、通りの向こうへいくたびも目をやっていた。

(あの角を曲がって、いまにも時吉さんが姿を現す。

ここへ帰ってきてくれる)

そう願いながら、何度も祈るように見た。

おかげで、あらぬまぼろしを見てしまった。

初め、おちよはそう思った。

時吉であるはずがない。通りの向こうに現れた男は、両手で赤子を抱いていた。着ているものも違う。

だが……。

足を引きずりながら近づいてきた男は、他人の空似ではなかった。その顔には、見慣れた火傷の跡があった。

なにより、なつかしかった。泣きたいくらいになつかしかった。

「時吉さん！」

おちよは声をあげた。

長吉も気づいた。

「おお、時吉。無事だったか」

父と娘は駆け寄った。

「どうにか……逃げてきました」

そこまで言って、時吉は咳きこんだ。まだ喉の中に煤《すす》がたまっているかのようだった。

おちよがさすってやろうとしたら、時吉は顔をゆがめた。

「背中に？」

「ええ、火傷を」

また泣きだした赤子をあやしながら、時吉は答えた。

「その子はどうした」

長吉が問う。

「泣き声が聞こえたので助けにいって、そのときに火傷を」

「そうかい。そいつは人助けだ。おっかさんは？」

時吉は無言で首を横に振った。

「ま、なんにせよ、おめえが無事でよかった」

「その子はあたしが」

おちよが手を伸ばした。

「頼みます」

赤子を渡すと、時吉は大きく息をついた。

人参汁のふるまいは、弟子たちが大車輪でやっていた。たちまち次の鍋になる。行列はとぎれそうにない。

「足はどうした？」

長吉が指さした。

「ついそこで大八車をよけようとしてひねりました。そっちはたいしたことがなさそうですが」

「火傷はひでえか」

「ひりひりと」

「痛むんなら大丈夫だ。ちゃんと手当てをすれば平気だろう。おちよ、大根おろしを布に塗って貼ってやれ」

「この子は？　……おお、よしよし、いい子だね」

実の母親みたいに、おちよは泣いている赤子をあやした。

「これも何かの縁だ。おめえと時吉で育てろ、と言いたいところだが、出戻りのおめえに乳は出ねえ」

「出戻り、だけ余計だって」

おちよはほおをふくらませた。

「おい、平次《へいじ》」

長吉は人参汁をよそっていた弟子に声をかけた。

「へい」

「おめえんとこのかかあは、たんと乳が出るか？」

「そりゃもう、捨てるくらいに」

によって成仏され、浄土に至ったまろやかな味だった。

「ありがたく存じました」

飲み干した椀を返し、時吉は深々と一礼した。

「他人行儀な」

と、長吉。

「さ、時吉さん、早く療治を」

待ちきれないとばかりに、おちよが言った。

「ありがたく……」

おちよにも礼を言うと、時吉は見世の中に入った。

なにぶんおちよは赤子をあやさなければならない。手がふさがっているから、大根をおろすのは弟子に任せた。

時吉は自分でやると言ったが、許しが出なかった。やむなく小上がりの座敷に座り、まるで客のような按配で待っていた。

外の様子は格子ごしに見えるし、声も聞こえた。今日の大火について、列に並んだ者たちが口々に話し合っている。

「半鐘の鳴りが弱まってきたな」

「やっと峠を越えたか」

「収まってくれなきゃ困るぜ」

ほっとした雰囲気が漂いかけたのは束の間だった。

「まだまだ続くぞ、今年は」

浪人とおぼしい一人の武家が、しゃがれた声で不吉なことを言った。

「たしかに、ほうぼうで火事が起きてますな」

「近々、霊岸島で大火があると、先だって小耳に挟んだ」

「あ、そいつぁおいらも聞きました、お武家さま」

「そうか」

「物騒な話でさ。うわさの出所はどこなんでしょう」

「さあな。江戸にはよく当たる易者もいる。根も葉もないうわさでもなかろう」

何がなしに作ったような声で、武家は言った。

ほおがこけ、不精髭を生やした凶相の男だった。

「くわばら、くわばら」

「そう言や、江戸の外でもずいぶんと火事が起きてますな」

「それも聞いた」

「おれも知ってら。こないだは熊谷《くまがや》が……」

どこが焼けた、ここが焼けたという話が続いた。

八王子や与野《よの》、それに行田《ぎょうだ》や館林《たてばやし》まで焼けたらしい。

剣呑な話だと思いながら聞いていた時吉は、ふと思い出した。

出世不動に参ったとき、何か祈り忘れたような気がした。

忘れたのは、火の用心だった。むろん、あそこで祈っていたところで、火は出ただろう。たった一人の祈りでどうなるものではなかっただろう。

それでも、やるべきことをやり忘れたのは悔いが残った。

出世不動で何か祈り忘れたような気がしたのは、虫の知らせだった。せっかくそれを得ながら、活かすことができなかった。

今後は、いささかも悔いを残さぬようにしよう。虫の知らせがあったなら、そこから細い糸をたぐっていくことにしよう。

そう思いながら、時吉はなおも外を見ていた。行列に並ぶ人の話を聞き、気になる顔を記憶にとどめていた。

「もうじき療治ができますから。……よしよし、お乳が出なくてごめんなさいね」

赤子をあやしながら、おちよが時吉に言った。

「わたし、代わります」

お運びと下働きをつとめている娘が手を伸ばした。

「そう、悪いわね」

「うち、きょうだいが多くて慣れてますので」

娘は笑顔で赤子を受け取った。

ほどなく大根がおろしあがった。思わず目を瞠《みは》るほどの量だ。

「時吉さん、そこに寝てください。うつぶせになって」

おちよは小上がりの座敷を示した。

「大根おろしが火傷に効くんですね」

「あたしもよく知らないんだけど、おとっつぁんが言ってるんだから」

おちよは笑ってみせた。

大根おろしの湿布は火傷にしみてつらかったが、時吉は奥歯をかんでこらえた。

「我慢してください。ひどい火傷だけど、治りますから」

「医者みたいですね」

「清斎先生と羽津さんにお会いしたばかりなので」

おちよはかいつまんでいきさつを述べた。いまごろ、医者とその妻はまだ療治を続けているだろう。

時吉のほうも、長吉屋に至るまでにたどった道を、痛みをこらえながら一つ一つ告げていった。

ときどき、どちらも黙りこんだ。

懸念されることが多すぎた。

のどか屋が焼けてしまったのは致し方ない。また一からやり直せばいい。

だが、人の命は一つしかない。

龍閑町の辰蔵は無事だったか。勇猛果敢なよ組の火消たちは難を免れたか。ほかの常連は無事か。それに、猫ののどかは火に巻かれなかっただろうか。

案じだすときりがなかった。

「痛みます？」

おちよが顔をのぞきこむ。

大きな瞳の中に、時吉の顔がうっすらと浮かんでいた。

「のどか屋を……」

ひと呼吸おいて、時吉はべつのことを答えた。

「また、どこかで」

絞り出すように言う。

答える代わりに、おちよはそっと肩をたたいた。

分かりました、よろしく、と二度優しくたたいてみせた。

二

三河町の茶漬屋から出た火は、日本橋のあたりまで焼き、からくも鎮《しず》まった。

だが、それで終わりではなかった。乾ききった風に招かれるかのように、またべつの火が生じたのだ。

同じ二月一日の夜の四つ（午後十時ごろ）過ぎ、音羽九丁目より出た火は、桜木町や目白坂を焼き、改代町《かいたいまち》の近辺にまで至った。江戸に火事は付き物とはいえ、飛び火ではなく、それぞれべつの大火が一日に起きるのは珍しい。

これはたたりではないか。いや、付け火が交じっているのかもしれない。町を作り替えるため、公儀がわざと火を放っているのではないか。

などなど、まことしやかな風説がほうぼうで流れた。

そんななか、時吉は長吉屋で脂汗《あぶらあせ》を流していた。

大根おろしの湿布をしてしばらく経つと熱が出た。長吉によると、身のうちの毒を熱が放してくれているのだから案じることはないらしい。おちよの看病を受けながら、時吉はひたすら耐えていた。

ときおりうなされながら夢を見た。故郷の夢ではなかった。まだ腰に二本の刀を差しているときの夢でもなかった。

なんのことはない、時吉はのどか屋の厨《くりや》に立っていた。一介の料理人として包丁を握り、客に皿や椀を出していた。

のどか屋の小料理は、ことさらに構えたものではない。料理人が腕をたのみ、どうだとばかりに客を見下して皿を上から出すことを、師の長吉は何より嫌う。時吉はその教えを忠実に守っていた。

心をほっこりとさせる、渋い手わざが光る料理。派手すぎない趣向が野の花のように咲く一皿を、時吉はおちよとともに客に出してきた。

檜の一枚板の席には、多くの客が座ってくれた。その一人一人がかけがえのない宝だった。

夢の中で、時吉は包丁を動かしながら常連客とたわいのない会話を交わしていた。

そんなとくにどうということのないささやかな場面、たしかにあった昔が、もう手の届かないところへ行ってしまった。そう思うと、なんとも言えない気がした。

しかし、この身は助かった。

おちよもいる。

それだけで、とりあえずは十分だ、と熱にうなされながらも時吉は考えていた。

やがて、峠を越え、行く手に光が見えてきた。

長吉屋の二階で、時吉は目を覚ました。

火傷はまだ痛むが、当初よりはよほど良くなった。もう大丈夫だ。

ほどなく、おちよが階段を上がってきた。

「あら」

時吉が起きているのを見て、表情が変わった。

「おかげんは？」

「だいぶ楽になりました」

「それはよかった」

おちよは心からほっとした声を出した。

「見世はふつうにやってるんですね？」

「時吉さんは手伝わなくていいから」

先手を打って、おちよは言った。

「でも、のどか屋がどうなったか、ご常連さんは無事だったか、早くたしかめにいかないと」

「火はもう消えたんです」

時吉が何を言うか、あらかじめ考えてきたかのようにおちよは答えた。

「まず養生をして、体が動くようにしないと」

「体は動きます」

と、腕を回したが、背中はまだ痛かった。

「ほら、痛いでしょ?」

「足さえ動けば」

時吉は立ち上がり、つま先を立てて足首を回してみせた。そこもゆうべ冷やしてもらった。

「どう?」

「大丈夫です。これなら大八車だって引けますよ」

「大八車って……しばらくここにいればいいじゃないの」

おちよはいぶかしそうな顔つきになった。

「でも、何もせずにぶらぶらしているわけにはいきません。昨日はこの長吉屋の前で炊き出しがありました。長い行列ができて、火事で焼け出されてきた人たちにふるまいがされました」

体が動くかどうかたしかめ終えた時吉は、おちよの前で正座をした。

「わたしも人参汁を一杯いただきました。はらわただけじゃない。心にしみる、長く忘れることのできない一椀でした」

おちよは黙ってうなずいた。時吉の考えていることが、心の中へ素直に流れこんできたからだ。

「ここへ来るまでも、いろいろな人から施しを受けました。火傷の手当てもしてもらいました。そのおかげで、どうにか命の糸がつながったんです。だから、今度はわたしがお返しをする番です。昨日の火事で、まだ難儀をしている人はたんとおりましょう。住むところ、寝るところをなくし、あるいは家族と離れ離れになって、食べるもの、飲むものもなく、寒風に身を切られる思いをしている人がこの江戸にはたくさんいるでしょう。そういう人たちに、今度はわたしが、料理人としてお返しをする番です」

おちよはもう異を唱えなかった。無理をするなとは言わなかった。

「なら、おとっつぁんに掛け合ってくる。

「鍋やら何やら、一式を貸せって」

「大八車はありますか？」

「それより、屋台があるわ。動くかどうか分かんないけど」

「ああ、あの初心の屋台……」

長吉屋に寝泊まりして修業をした身だから、むろん知っている。師の長吉は初めから見世持ちの料理人だったわけではない。そのころはまだ健在だった女房とともに屋台を引き、苦労をして多くの弟子を取るいまの長吉屋にしたのだった。

皿を上から出すな、という口癖は、初心忘るべからずという自戒の念から出た言葉でもあった。

その屋台はもうずいぶんと年季が入っていたが、見世の裏手にまだ置かれていた。ひと頃は弟子を取るたびに屋台を引かせてわざと苦労をさせていたものだが、あまりのつらさにすぐ尻を割る若い衆が続けて出たもので、不承不承《ふしょうぶしょう》ながらも長吉は見世での修業だけにした。

その初心の屋台が、まだ置かれている。

「分かりました」

ややあって、とんとんと階段を上る足音が響き、豆絞りの料理人が姿を現した。

「おう、どうだい、時吉」

大きな魚でも捌《さば》いていたのか、まだ気合の残る顔で長吉は言った。

「おかげさんで、足は動くようになりました」

「熱は？」

「ずいぶんと下がりましたので」

「火傷は？」

「まだ痛みますが、動けます」

「あんまり無理すんな」

「はい」

「屋台はまだどうにかつとまるはずだ。おめえが大儀なら、おちよの馬鹿力で引きゃあいい」

「ひと言多いの、おとっつぁんは」

娘にそう言われてわずかに表情を崩した料理人は、時吉のほうを向くと、引き締まった師匠の顔で告げた。

「いいか、時吉。貸してやる屋台がのどか屋だと思え」

「……はい」

「のどか屋は、心の見世だ。たとえ普請やのれんがみんな焼けちまっても、心が残ってればまたやり直せる。そう料簡《りょうけん》しな」

「お代なしの、炊き出しの屋台からやり直すのね」

わが身に言い聞かせるように、おちよは言った。

「そうだ。二人で力を合わせてやりゃあ、なんてこたぁねえさ。お天道《てんと》さんにちょいと試されてる、負けてたまるかと底力を出しな」

師の言葉が、時吉の心にしみた。

「考えすぎるせいか、ふだんはちと煮えきらねえところもあるが、さすがは元二本差しだ。ここぞというときには力が出る。火の海に飛びこんで赤ん坊を救ってくるなんぞという芸当だってできる。おめえはそういうやつだよ、時吉」

「あの子はどうなりました？」

「案じるな。平次の女房はさばけたもんで、一人増えても同じだと笑ってたらしい。お、そうだ、おめえが拾ってきた子だ、いずれ名前をつけてやんな」

「わたしがですか」

「それくらいの義理はあらあな。ま、急ぐことはないが」

そこで下から声がかかった。

長吉の包丁技でなければできない料理がある。そうそう二階で油を売っているわけにはいかない。

「なら、ふるまいものを考えて支度しな。厨の端のほうは貸してやるから」

料理人はそう言うと、さほど出てはいない腹をぽんとたたいて気合を入れ、また階段を降りていった。


炊き出しの屋台で何をふるまうか、その日の長吉屋に入っている食材を見てから決めることにした。

と言っても、上等な物は要らない。ふるまいの大鍋の前に長い列ができたとする。その初めの何人かだけに行き渡るようなものを出したりしたら、ありつけなかったうしろの者が気を落とす。

汁も具もことさらに構えたものではないが、体を芯からあたためてくれて、なおかつ腹にたまる料理を時吉は考えた。

「おう、そりゃいい思案だ」

師匠はすぐさまそう言ってくれた。

「あったまりそうね。さっそくつくりましょう」

おちよも大乗り気だった。

両手を合わせ、気を入れ直してから時吉は料理にかかった。

いい蒟蒻《こんにゃく》がたくさん入っていた。食べやすい大きさに端からちぎり、塩でもむ。さらに、水で塩気を落としてからゆがく。蒟蒻のあくが抜ければ、下ごしらえは終わりだ。

べつの鍋では、味噌汁をつくる。疲れている者には、濃い味のほうがいい。おおむね赤味噌で、わずかに白を交ぜる合わせ味噌を時吉は舌と手でこしらえた。

具は蒟蒻のほかに、焼き豆腐も入る。おのずと腹にたまる組み合わせだ。さらに青菜とおろし大根も加える。彩りばかりではない。体の中の巡りを良くする具だ。そのあたりの組み合わせについては、薬膳の師の青葉清斎から日頃から教えを受けていた。

下ごしらえをした蒟蒻は鍋で炒る。油はどうあっても胡麻油だ。なじむ香りが違う。ただし、炒りつけた蒟蒻をそのまま汁に入れたら油で濁ってしまう。そこで、湯にくぐらせて油抜きをする。

料理は手間を惜しんではいけない。さらにここから蒟蒻に味をつけていく。

味噌汁のだしは昆布でとる。そのだしに醤油《したじ》、味醂《みりん》、酒、塩を加えて蒟蒻をほどよく煮る。初めは素裸だった具は、手間をかけるたびに味の衣を加え、見違えるほどうまくなっていく。

　さて、仕上げだ。

　煮えた汁に順々に具を加え、鍋の中ですべてがなじめば、蒟蒻を細かな霰《あられ》に見立てた汁ができあがる。

　蒟蒻の霰汁。

　たとえ外が霰でも、この汁を飲めば体があたたまる。

　支度が整った。

　ほかの弟子も加勢して、屋台が見世の裏手から表に出た。

　せえの、と声を掛け合い、敷き詰めた焼き石の上に鍋を据える。冷めないようにしっかりと蓋をして、準備が万端整った。

「これが、のどか屋ね」

　のれんも看板も出ていない屋台を見て、おちよが言った。

「……のどか屋です」

　一枚板の思い出を振り払って、時吉は答えた。

「行きましょう。押してください」

「あい」

おどけたしぐさをすると、おちよは屋台のうしろに回った。

三

無残なありさまだった。

家並みは黒い焼け跡に変じていた。かろうじて残った柱や塀などが、わびしく風に吹かれている。

名を呼ぶ声が聞こえる。

親が子を、子が親を呼ぶ声には、もう半ばあきらめているせいか、どれもあまり力がなかった。

一夜にして変じてしまった焼け跡を、屋台を引いて時吉は歩いた。

「のどか屋まで行けるかしら」

うしろでおちよが問う。

「ちょっと無理でしょう、道が」

時吉は行く手を見た。

焼け崩れたものは道にまで迫《せ》り出していて、しばしば行く手を阻まれた。出世不動のあたりまではどうにか来られたが、この先は剣呑だ。無理に進めば、せっかく引いてきた屋台の鍋が横倒しになってしまうかもしれない。

「なら、このあたりで」

「分かりました」

不動の鳥居の斜向かいで、屋台を止めた。

道行く者も足を止める。

鍋の蓋を取ると、ふわっと湯気と味噌汁の香りが漂った。

「いくらだい？」

さっそく声がかかった。

「ふるまいものですから、お代は結構でございます」

「おう、そいつぁ豪儀だ」

「一杯くんな」

次々に手が伸び、たちまち列ができた。

「さあさ、あったかい霰汁ですよ。お一人一杯で相済みません」

おちよが精一杯の声を出した。

「お好みで七味唐辛子をお振りします。辛味でもっとあったまりますよ」

列に並ぶ人たちに向かって、笑顔で言う。

「ちょいとかけてくんな、唐辛子」

「承知しました」

時吉が椀に張った具だくさんの霰汁に、小匙でさらっと唐辛子を振って渡す。

「おいらはたんと振ってくれ。辛《かれ》えのはなんともねえんだ」

「はい」

「おれはくしゃみが出るんで、なしでいいや」

「では、このままで」

そんな調子で、次々に汁が渡っていった。

「とんとん唐辛子、ひりりと辛いが山椒の粉……」

素っ頓狂ななりで回ってくる唐辛子売りの口上を真似る者がいて、炊き出しの行列に笑いが起きた。どんなときも、江戸の民はこういったくすぐりを忘れない。

蒟蒻の霰汁は好評だった。

「うめえ」

「そのひと言だな」

「腹もちもいいぜ」

「この焼き豆腐がな」

「豆腐をほめたら、蒟蒻に申し訳が立たねえ。しっかり味がついてら」

「たいした腕だよ」

料理人冥利《みょうり》に尽きる言葉だった。

今日もいやな風が吹いていた。乾ききった、火を待ち受けているかのような寒風だ。

その風を受けながら焼け跡をさまよう人々にとって、あたたかい味噌汁は干天《かんてん》の慈《じ》雨《う》のごときものだった。

しかも、具がたんと入っていてうまい。

なかには言葉をなくし、涙ぐむ老婆までいた。

「どうした、ばあさん」

すぐさま周りから声がかかる。

「だれかなくしたか」

老婆はゆっくりとうなずいた。

「そりゃ愁傷なこった」

「おいらもそうだ。かかあが逃げ遅れちまった」

「つれえな」

「せめて形見をと思ってうろついてたんだが、根こそぎ燃えちまったから、何がなんだか分かんねえや」

「そりゃ、火消までずいぶん死んだ火だったからな」

その言葉を聞いて、時吉とおちよは思わず顔を見合わせた。

「よ組の人たちですか？」

時吉はたずねた。

「知り合いかい」

「ええ、うちのお客さんでした」

「あんた、見世を？」

「はい。三河町でのどか屋という小料理屋をやってました」

「そうかい。縄張りが違うんで行ったことはねえが、あいにくだったな。あのあたりは火元に近い。おそらくは、丸焼けだ」

「それはもうあきらめてますが、よ組の火消さんたちは……」

そこまで言ったとき、噂をすれば影と言うべきか、向こうから見憶えのある半纏の男たちが近づいてきた。

丸に、よ、と染め抜かれている。

姿を現したのは、よ組のかしらの竹一と梅次だった。

「お、無事だったかい、のどか屋さん」

竹一が声をかけた。

「おかげさんで、なんとか火傷で済みました」

そう答えると、梅次の顔つきがわずかに変わった。

時吉は気づいた。

一人足りない。

屋根の上で勢いよく纏を振っていた男がいない。

「ふるまいかい？」

かしらが問う。

「ええ、少しでも助けになればと。……はい、お待ち」

手を動かしながら、時吉は答えた。

「お兄さんはご無事で？」

時吉が訊けなかったことを、おちよはたずねた。

梅次はなんとも言えない笑みを浮かべて、首を二、三度横に振った。

「おとっつぁんの跡を継いじまいましたよ、兄貴は」

「んなとこまで真似しなくたっていいのによう」

かしらが肩を落とす。

「それは……祝言も決まってたのに」

と、おちよ。

「纏が見えなくなったので、案じていたのですが」

時吉の脳裏に、よ組の纏が甦ってきた。

火の海の中で勇ましく揺れていた、あの纏だ。

声も聞こえた。


よ組だ、よ組だ。

ここはよ組の消し口でい！


あの太吉が、昨日の大火で命を落とした。

父と同じく、纏を持ったまま死んだ。

所帯を持つことが決まっていて、祝言の仕出し料理はのどか屋がつくることになっていた。

あの太吉が、死んだのか。

晴れの日を待たずに、逝《い》ってしまったというのか。

時吉は信じがたい思いだった。

そのせいで、汁をすくう手が止まった。

だが、不満の声はどこからももれなかった。

「おう、火消さんたちに先にやっとくれ」

「纏持ちの代わりに飲んでやれ」

「そのうち、墓参りに行ってやらあ」

「ありがとよ。命からがら逃げ出せたのは、火消さんのおかげだ」

列に並んだ者たちは、口々に言った。

両手を合わせ、念仏を唱えだす者もいる。

「梅次、おめえ、飲みな」

言葉を切りながら言うと、竹一はさっと向こうを向いた。火消のかしらは、人に涙を見せない。

「なら……兄貴の分まで」

弟は絞り出すように言い、手刀を切って椀を受け取った。

「唐辛子はいかがいたしましょう」

おちよが問う。

「兄貴は好きだったから、多めに」

「はい」

みな動きを止めて、汁を飲む梅次を見ていた。

「……うめえ」

具を指でつまんで口中に入れ、また汁を飲む。

そのうち、肩が小刻みにふるえはじめた。

「おいらだけ、こんなうめえもんを食って、すまねえな、兄貴」

梅次はそう言って泣いた。

「おみつさんには?」

おちよが、背を向けているかしらにたずねた。

「伝えたさ。どうあっても、祝言はやりたいって言ってたよ。もう太吉はあの世へ行っちまったのによう」

竹一の腕が動いた。目元をぬぐったように見えた。

「兄貴が死んでも離さなかったのは、纏だけじゃなかったんです」

一礼して椀を返すと、梅次は言った。

「おみつさんの、お守りも？」

おちよが訊く。

「そのとおりです。左手に、しっかりと握ってました。指を剝がすのがひと苦労で。兄貴は、最後まで……」

そこで言葉が途切れた。

皆の衆はもう一杯飲めと勧めたが、火消たちは固辞して去っていった。ここいらの火は消えたが、焼け跡の始末などでまだまだ働かなければならない。悲嘆に暮れている暇はない。

時吉とおちよはふるまいを続けた。

出世不動の前で、のどか屋が屋台を出している――そんなうわさはたちまち広がったらしい。次から次へと人が現れた。

焼け石が冷えて、さめた汁を出さざるをえなくなることを案じていたのだが、その前になくなりそうだった。うしろの客まで行き渡るように、時吉は具と汁の量を加減しながら椀に盛った。

そうこうしているうちに、また見知った顔が現れた。

坂を上れば、必ず下る。曇る日ばかりは続かない。

今度はいい知らせだった。

姿を現したのは、おきくの兄の親平だった。おきくも、足の悪い父親も、みな無事だったらしい。

「そりゃ、なによりだったね」

話を聞いた時吉が言った。

「おかげさんで。長屋も火の筋にかからなくて、なんだか申し訳ないくらいで」

「なら、おきくちゃんたちは？」

「火が収まったのを見届けてから、おとっつぁんと一緒に長屋へ戻りました」

「よかったわね、みんな無事で」

おちよが笑みを浮かべた。

「さっきも、多助さんと二人で言ってたんです。焼けたら、おれら大工が建て直してやらあって。江戸の町が焼けるたびに、なんべんでも」

若い大工はそう言ってうなずいた。

「その意気だ」

「のどか屋だって、いまにきっと建て直すから」

時吉とおちよの言葉に、周りからも励ましの声が飛んだ。

「気張りな」

「ただ、初めから気張りすぎるなよ。ほどほどにな」

「見世ができたら、食いに行ってやらあ」

あたたかい汁をふるまったら、あたたかい言葉のお返しをもらった。これが江戸の人情だ、と時吉は思った。

「ありがたく存じます」

「励みになります」

二人は頭を下げた。

「そうやって、夫婦《めおと》で力を合わせてやってりゃ、そのうちいい風が吹いてくるさ」

「おう、似合いだぜ」

声が飛ぶ。

時吉は、夫婦じゃないとは言わなかった。

おちよのほうをちらりと見てから、気の入った声で答えた。

「気張ってやります」

それから、こう言い添えた。

「二人で」

第五章　蛸大根――約束

一

火は続いた。

時吉とおちよがふるまいを行った二月二日の晩も、新橋の竹川町から火が出た。三《さん》十間堀《じゅっけんぼり》七丁目の河岸まで焼いて、子《ね》の刻（午前零時ごろ）にようやく鎮まった。

五日の晩には銀座一丁目が焼けた。弓町《ゆみちょう》などに飛び火したが、どうにか大火にならずに済んだ。

そして、八日の晩。

かねてよりうわさされていたことが本当になった。霊岸島のあたりから、にわかに火が出たのだ。

六つ半（午後七時ごろ）過ぎ、南新堀二丁目より出た火は、大川（隅田川）から吹く川風にあおられて勢いを増し、結局、湊橋《みなとばし》のきわまで焼けた。

このとき、町火消同士の派手な喧嘩が起きた。

実際の火と同じく、初めは小さな消し口争いだったが、あれよあれよという間に飛び火して、いくさ並みの大きさになった。

い・ろ・は・に・万組の一番組に、二番組と深川・本所の組まで加勢して三千数百人。片や、八番組に九・十番組が加わってこれまた三千人。この二つがまともに戦ったからたまらない。

火事そっちのけの乱闘になり、怪我人がずいぶん出た。落命した者も多かった。明け方、刀を抜いた奉行所の者たちがようやく鎮めたが、そのときにはもう火は消えていた。

とにもかくにも、うわさどおり、霊岸島から火が出た。どうにもきな臭い成り行きとなってきた。

続けて火事が起きたせいで、難儀をする者はさらに増えた。時吉とおちよは、その後も折にふれてふるまいを行った。さすがに出世不動まで何度も屋台を引いていくのはつらいので、おおむね浅草の近辺に出した。

今月になって、見えない蛇がはいずるように続けて江戸の町に火が出たが、神田川の北は無事だった。おかげでこちらのほうへ逃げてくる者がずいぶんいた。

ふるまうものは、そのつど変えた。ことに好評だったのは、豆腐粥だった。

絹ごし豆腐を米粒に見立てて細かく切り、薄めの葛湯《くずゆ》に入れてひと煮立ちさせる。

これに青菜を刻んで入れて取り分け、塩を振る。

薬味は絞り生姜《しょうが》と胡椒《こしょう》。たったそれだけの料理だが、体が生き返るほどにあたたまる。

「まだまだありますので」

「もう一椀という方は、相済みませんが、またうしろへお回りください」

「これは、ごていねいに」

客から椀を返されるたびに、時吉は礼を言った。

火傷の跡も、足も、日に日によくなってきた。もうこれなら大丈夫だ。

鍋が空になると、行き渡らなかった客に頭を下げ、二人で屋台を引いて帰った。

「一文にもなってないけど、これでいいですね?」

人影が減ったところで、時吉が言った。

西のほうの空が茜に染まっている。ちぎれた雲が仏のような按配だ。

「いいわよ」

おちよが笑った。

「師匠が昨日言ってくれましたが、またのどか屋を出せ、二人でやれと」

「もちろん、そのつもり」

「ついては……」

時吉はそこで声の調子を整えた。

軽く咳払いをし、ゆうべから思案してきたことを告げようとした。

「前ののどか屋みたいに、二階の寝場所に……」

「あっ！」

時吉が思い切って言い出そうとしたとき、おちよが声をあげた。

白と茶の縞模様のある猫が目の前を横切り、ひょいと塀に飛び乗ったのだ。

のどかだ、と時吉も思った。

だが、よく見ると違った。首に鈴がついていなかった。顔立ちも違った。

「のどかじゃなかった」

おちよは肩を落とした。

「ここじゃ遠いので」

「猫は家につくって言うから、もう会えないかも」

「福猫だったのに」

「時吉さんの命も助けてくれたし」

「そうでした」

のどかと似た柄《がら》の猫は、しゃなりしゃなりと塀の上を歩いていく。二人はそのさまを黙って見送った。

いくらか目を細くして、時吉は茜空を見た。

前ののどか屋は、狭いが二階に二間あった。これが一間で済むなら、次の見世も探しやすいのではないか。

そう言おうとしたのだが、猫が現れたせいで最後まで言えなかった。

しかし、考えてみれば、いささか分かりにくい。そんなまわりくどい言い方はいかがなものか、と思い直した。

いきなり面を取るやり方のほうがいいだろう。

そう思ってはみたが、今日のところは、言葉がうまく出てこなかった。おちよものどかの話でしんみりしてしまった。日を改めるしかない。

そうこうしているうちに、長吉屋に着いた。

「お疲れさま」

「時吉さんも」

そんな調子で、一日が終わった。

霊岸島を最後に、ようやく火事は収まった。

江戸の町は、久方ぶりに落ち着きを取り戻した。

二

長吉屋の一枚板の席に、どこかで見憶えのある男が座った。

時吉は厨の端で下ごしらえをしていた。のれんの外は、もう暗い。今日出す料理はおおむね仕上がっているから、あとは明日の仕込みだ。

まな板に並べた蛸の足を、大根でとんとんとたたく。そうしてから煮ると、蛸はさらにやわらかくなる。

ここに至るまでに、すでにいくつもの石段を上ってきた。塩を振ってもみ、ぬめりを取る。水で洗って塩気を抜く。頭と足に分け、足の先だけ落とす。

明日、お出しするのは蛸大根だ。いずれは同じ器に盛られる大根で、「頼みますよ」

と言わんばかりに蛸をたたいていく。

そんな地味な仕込み仕事をしていたとき、一枚板の席に座った男が厨をひとわたり見て、時吉に目を留めた。

厨を仕切り、客をあしらっているのは師の長吉だ。

「御酒はいかがいたしましょう」

渋い声で問う。

「なら、一本つけてください」

「あたため加減は」

「……熱めで。肴はありものでかまいません」

「承知いたしました。もし苦手のものが出ましたなら、遠慮なくお戻しください」

長吉はそう言って、牡蠣《かき》の殻焼きの段取りを始めた。牡蠣船は冬のあいだ、広島から大坂へ入るのがもっぱらだが、今日は珍しく江戸にも廻ってきた。

時吉が蛸の足をたたいて切り、酒を多めに入れた鍋に投じて煮はじめたとき、一枚板の席の男と目が合った。

「のどか屋の時吉さんでしょうか」

意を決したように、男はたずねた。

新蔵は頭を下げ、熱燗の酒を苦《にが》そうに呑んだ。

「辰蔵さんには、本当にお世話になりました」

時吉はそう言って、牡蠣を網の上に乗せた。

まだ実感はなかった。いまにもそこののれんを分けて、辰蔵が姿を現しそうだった。そして、一枚板の席に座り、上機嫌で「関八州醬油酢廻り」の土産話を聞かせてくれる。そんな気がしてならなかった。

「こちらこそ。ありがたく存じました」

新蔵は気丈に言った。

息子がよくできていて身も固めたから、楽隠居でいればよさそうなものを、長年身にしみた貧乏性で、ふと気がついたら関八州の醸造元を廻ってあきないをしている――辰蔵は自嘲交じりながらも、半ば自慢げにそう言っていたものだ。

その息子のために、わきあがってくるさまざまな思いをなだめて、時吉は料理をつくった。

皿に粗塩を盛り、牡蠣が開くのを待つ。

「それで、お見世は？」

「あいにくなことで」

「そうでしたか」

「ただ、父の思いが通じたのか、蔵の一つはからくも難を免れました。焼けた蔵も念入りに調べましたが、なかには生き残っていた樽もありました。たとえ火事に巻きこまれて焼けたとしても、またあきないができるように、樽を子だと思って安全なところに置け、と父は日頃からうるさく言っていました。その甲斐あって、またいずれあきないをと」

新蔵はそう言って、今度は手酌で酒を呑んだ。

「まだ焼け跡は見ていませんが、うちも焼けてしまったようです。辰蔵さんにはひいきにしていただいて、それどころか、事あるたびに知恵を……」

時吉がそこまで言ったとき、初めの牡蠣の殻がふっと開いた。

しぐさで新蔵に「お待ちください」と断ると、時吉は用意した割醤油を匙《さじ》ですくって牡蠣に注ぎ入れた。

醤油に酒を多めに加えてつくっておいた割醤油だ。牡蠣の風味は、酒によってさらに活きる。

割醤油を注いだら、すぐ網から降ろさなければならない。牡蠣の身がかたくなってしまう。

できあがった牡蠣は、粗塩を盛っておいた器に乗せる。こうしておけば、ぐらぐらせずに食べやすい。

「お待ち」

一枚板の席の客に出すとき、醤油の香りがふわりと漂ってきた。

辰蔵の思い出がまたよみがえる。

醤油の香りを嗅いだだけで、辰蔵は銘柄までぴたりと当てた。酢や味醂もそうだ。鼻にも舌にも長年の鍛えが入っていた。

声もよみがえる。

つい先だってのどか屋で、大事なもろみを壺に入れて土の中に埋めるという話をしていたとき、辰蔵はこう言った。

命の次に大事なものですからね。醤油、お酢、味噌、味醂、それに、酒。それぞれに醸造元が命を賭けて守り育ててきたものです。ゆめゆめおろそかにするな、と息子らには教えてきました。

その辰蔵が逝き、教えを受けた息子がいま目の前に座っている。

そう思うと、またなんとも言えない心地がした。

「うまい……」

初めの牡蠣を食した新蔵が言った。

二つ目が開く。

身が上の殻についていたから、手早く剝がして下の殻に入れ、また割醬油を注いで仕上げる。

そうこうしているうちに、おちよが帰ってきた。

一人ではなかった。隠居の季川が一緒だった。

同じ俳句仲間が銀座の火事で焼け出され、難儀をしていたので励ましに行った帰りだった。

どんなに悲しいこと、つらいことがあっても、俳句を詠むのが俳人の心意気だよ、と初めのうちは笑顔も浮かんでいた季川だが、新蔵が名乗りを上げて子細を告げると、おちよとともにその表情は暗く沈んだ。

「そうかい、辰蔵さんがねえ……案じてたんだが」

無念やるかたないという顔つきで、季川が言った。

もともとは長吉屋の常連だった季川は、新蔵の隣に座った。

「こうやって、お父さんとよく座って呑んだもんです」

「ありがたく存じます。……まずは、一献《いっこん》」

「や、これは」

厨の奥にいた長吉が、今度はおちよに合図をした。

「あとは筒だけだ。おまえ、代われ。おれは漬物の按配を見てくる」

「あい」

長吉は気を利かせて、見世の裏手へ姿を消した。

料理人の娘だから、おちよにも心得はある。蛸大根は何度もつくっているから、すべて頭に入っていた。

筒とは、筒大根のことだ。さきほど蛸をたたいた大根を切り、筒になるように細工をする。蛸がやわらかく煮えてきたら、この大根を加えてさらに煮る。

時吉とおちよが並んで厨に立つと、ほんの一時《いっとき》、のどか屋が甦ったかのように見えた。

「落ち着いたら、安房屋さんのお墓に参らせてもらいますよ」

季川が言う。

「父も喜びます」

「なに、わたしだっておっつけあの世へ行くことになるので、いずれまた向こうで呑みましょうや」

　ここにはいない辰蔵に語りかけるような口調だった。

　すべての牡蠣が開いた。

　季川にも出したが、食欲がないと見え、しぐさで新蔵に勧めた。新蔵も箸をつけなかったから、ほんのりと醤油の香りのするその牡蠣は、亡くなった辰蔵の陰膳《かげぜん》のような趣になった。

「で、これからどうなさるんで？」

「安房屋を立て直さなければ、父に申し訳が立ちません。幸い、無事だった蔵がありますし、あきないの取引があった蔵元さんからもお見舞いをいただいています。それを励みに、見世を立て直したいと」

「ほかの奉公人の方々は？」

　時吉がたずねた。

「父とともに亡くなった者もおりますが、いくたりか生き残った者もおります。ありがたいことに、みな亡き父に恩義を感じてくれています。運よく生き残ったのは、安房屋ののれんと江戸の町を頼むぞ、という天の声だと思って、ともに励もうと声を掛け合っております」

「その意気だ」

隠居がうなずいた。

蛸がほどよく煮えてきた。おちよは筒大根を鍋に投じた。

「あとの味付けは時吉さんが」

「承知」

飾り切りなどの手わざは、どうかするとおちよのほうがうまいくらいだが、肝心な味は時吉が決める。そのあたりは阿吽《あうん》の呼吸だった。

時吉は鍋に醬油と味醂を加え、いくぶん目を細くして味をたしかめた。

仕上げは、塩だ。ひとつまみにも満たない塩を加えることによって、鍋の中身がすべて締まる。

これでいい。

大根にも火が通ったら、とりあえずはできあがりだ。

ただし、煮えばなを出す料理ではない。味がなじむように、このままひと晩寝かせる。

蛸が大根に、大根が蛸にさながら夫婦のようになじみ、味がしみる。

長吉が戻ってきたが、座敷の客のほうへ行ってしまった。一枚板の界隈は、なおものどか屋の雰囲気のままだった。

湿っぽい話が続いた。

火消の太吉が死んだ話は、すでに季川に伝えてあった。そういえば、辰蔵も祝言の席に出ると言っていた。若い二人が雛のように並び、年寄りがあたたかく見守る。そのいずれもが、不意の災いでこの世からいなくなってしまった。

なくなったのは、人だけではない。安房屋は一部の蔵を残して焼け、のどか屋も焼けた。太吉の祝言の料理は、まぼろしになってしまった。

「それでも、まだ先ってものがあるから。ことに、新蔵さんのようなお若い方にはね。まだまだ先へ、川の水は流れていく」

季川はそう言って、燗酒をもう一本所望《しょもう》した。

「さようですね。前へ進まなければいけません。見世の者もおりますので」

商家のあるじの顔で、新蔵は言った。

辰蔵の思い出話は尽きなかった。時吉も次々に思い出した。

そういえば、ともに「かえり船」に乗って野菜をつくる在所へ行ったことがあった。あのときの辰蔵の楽しい口上が、いまもそこで響いているかのようだった。

「先に向こうで待ってるんだから、いい土産話を持っていってやらないとね。安房屋さんが見事にまたのれんを出して繁盛してるとか、のどか屋がべつのところでやり直してはやってるとか」

と、季川。

「そうなりたいものです」

おちよが言う。

「なるさ。思いがあれば、きっとかなう。辰蔵さんも、あの世から折にふれてふっと風を送ってくれるよ」

酒が来た。

隠居が新蔵に注ぐ。安房屋を継いだ者が、季川に注ぎ返す。

「風を、送ってくれますね」

わが身に言い聞かせるようにつぶやくと、新蔵はまた盃を干した。

「くれるさ。安房屋さんのことだから、関八州どころか、あの世でも醸造元を回ってあきないをしてるよ」

「あの世の醤油を届けてくれたりして」

「はは、そりゃあいい」

「のどか屋で使わせてもらいます」

時吉は笑みを浮かべた。

季川がふと気づき、ようやく牡蠣に箸を伸ばした。

「成仏させてやらなきゃ、かわいそうだからね」

そう言いながら、身を口中に投じる。

少しかたくなっているのではないかと案じながら時吉が隠居の表情をうかがうと、ややあって、しわが深く刻まれた目尻からほおのほうへ、つ、と水ならざるものが伝った。

「や、思い出すね、ここしばらくは」

ややかすれた声で言う。

「何をです？」

おちよがたずねた。

「もちろん、辰蔵さんのことだよ。醬油の香りがするたびに、耳元で声が聞こえてくるだろうよ」

季川はしみじみと言った。

見世の後始末もあるので、新蔵はそろそろ帰ると言う。

皆は見世先まで送っていった。長吉も来た。

安房はつねにみんなみにあり梅の花

安房屋の安房を詠みこんだ句だった。

みんなみ、すなわち南は伝説の蓬莱国《ほうらいこく》ともそこはかとなく懸《か》かっている。

「こりゃかなわないね。わたしの負けだ」

隠居はあっさりと引き下がった。

「でも、まだ思いの丈《たけ》をこめられていないような気がします。どこかで言葉がせき止められてるみたいな」

おちよはもどかしそうな顔つきになった。

「そのうち流れるさ」

隠居はわが盃に酒を注いだ。

そして、だれにともなく、こう言い添えた。

「つらいこと、悲しいこともね。……時が経てば、流れていくさ」

三

「岩本町《いわもとちょう》に見世が見つかったぞ」

と、長吉が言った。

「何の見世でしょう」

うかつなことに、時吉はそんな返事をした。

「何の見世じゃないだろう。のどか屋に決まってるじゃねえか」

「おとっつぁん、そしたら……」

おちよが目を瞠る。

長吉屋が休みの朝、ちょいと出てくると言って姿を消したきり、なかなか帰ってこなかった父は、空いた見世を探してくれていたらしい。

「ありがたく存じます、師匠」

時吉は一礼した。

「礼はのれんを出してからにしな。そもそも、おまえらが気に入らなけりゃ、話はまとまらねえ。見世の明日の仕込みなんぞはおれがやるから」

長吉はそう言うと、娘のほうを見た。

「鰻屋の居抜きだ。年が寄って大儀になったから見世じまいにしたそうで、べつにはやらなくなったわけじゃないらしい。鰻屋は生《しょう》のものを殺めるから、因果が報いるなんぞというとかくのうわさが立つことがあるが、なに、料理人ならだれしもがそう神信心をしてりゃ、気にすることたぁなかろうよ」

「なら、厨なんかもそのまま？」

「居抜きだからな。勝手が悪けりゃ、そのうち大工を入れて直しな」

「一枚板もないんですね？」

時吉はたずねた。

「ねえな。そのへんが気に入らなきゃ、またほかを当たってやる」

「いえ、そんなわけには」

「遠慮はするな、時吉。こりゃいけねえっていう勘が働いたら、おれの顔など思案せずに断れ。おれの見世じゃない。のどか屋はおまえとおちよの見世だからな」

「もし障《さわ》りでもあったら困るからね」

おちよが口をはさむ。

「聞いたところでは、そんな障りらしいものはなさそうだ。世の中にゃ、どんな見世を出したってつぶれちまう恐ろしいところがあるそうだが、その鰻屋も、心意気だけは神田の深川屋《ふかがわや》で、細く長くやってたっていう話だ」

長吉は江戸じゅうに名の響いている鰻屋を引き合いに出した。

神田の深川屋と大坂の鳥久《とりきゅう》は、東西の雄としてつとに有名だ。どちらの見世も、上得意を何より大事にする。一見《いちげん》の客には、いくら金を積まれたって売らない。また、素材にもこだわる。いい鰻が入らないときは、幾日でも続けて休む。それから、調理は人任せにしない。必ずあるじが自ら焼く。

そういった仕事ぶりのおかげで、見世の構えはいたって小さいのに、東西を代表する鰻屋になったのだった。

「なら、大丈夫そうね」

「とにかく、見させていただきます」

時吉は乗り気で言った。

「おう。客を入れるにゃちと手狭だが、二階もあるから寝泊まりはできる」

ややあいまいな顔つきで、長吉はちらりと娘を見た。

「場所は岩本町のどのへんなの、おとっつぁん」

二階の件には取り合わず、おちよはたずねた。

話はとんとんと決まった。

ここがのどか屋だ、と時吉は思った。

(焼けてしまったのどか屋のことを思っても仕方がない。

ここでやり直すしかない。

幸い、人情に恵まれ、師匠がこの見世を探してきてくれた。

この角見世にのれんを出して、また一皿一椀に思いをこめて料理をつくる。一人一人のお客さんを大事にして、常連になっていただく。

のどか屋の灯《ひ》が、またここにともる)

心が決まった。それは揺るぎなく定まって動かなかった。

最後に、二階を見ておくことにした。

二間あった前の見世とは違った。寝泊まりするにしても狭い。布団は一つしか敷くことができなかった。

「まあ……」

と言ったきり、おちよは絶句した。

その肩や顔が、吐息が感じられるほど近くなった。

時吉は逡巡《しゅんじゅん》したが、すんでのところで思いとどまった。もっと風を感じ、光のあるところで告げたかった。

「見世が決まったら、おなかがすいてきましたね」

「ええ」

おちよがうなずく。

「なら、おいしい蕎麦屋を知っています。それから、大川のほうへぶらぶらと歩いてみましょう。今日はわりとあたたかいし、日が落ちるまでにはまだ間があるし」

どことなくぎこちない調子で、時吉は言った。

「あい」

察したのかどうか、おちよはいくぶん甘い声で答えた。


のどか屋の休みの日には、江戸じゅうを回って舌で修業をしている。こんな裏道に、という場所にも、知る人ぞ知るいい見世がある。時吉がおちよを案内したのも、そんな見世の一つだった。

汐見橋《しおみばし》を渡って橘町《たちばなちょう》に入り、薬研堀《やげんぼり》のほうへいくらか進んだ裏通りに、のれんすら掛かっていない小さな蕎麦屋がある。前を通り、つゆの香りを嗅がなければ、ここが蕎麦屋であるとは分からない。

そんな世を忍ぶような見世だが、蕎麦は侮れぬものを出した。

挽《ひ》きぐるみの田舎蕎麦の名は「うまやぢ」という。

むかし、神田紺屋町の小体《こてい》な蕎麦屋が、駅路《うまやじ》そばという田舎蕎麦を出していた。

それにちなむ名だ。

うまやぢのもりか、かけ。

ほかの品はいっさいない、さっぱりとした構えだった。

「田舎のお蕎麦にしては、ずいぶん細いのね」

申し訳程度にしつらえられた小上がりの座敷で、うまやぢのもりをたぐりながら、おちよが言った。

「これがいいんです。田舎蕎麦といったら、たいていはわしわしと嚙む蕎麦なんですが、そんなに野趣《やしゅ》一点張りにしなくてもいいと思うんですよ」

「たしかに細いと上品だけど、つるっとは啜れないわね」

「こしがあって、嚙みごたえは十分にありますからね」

時吉はそう言って、うまやぢ蕎麦を嚙んだ。

嚙むと、蕎麦の甘い香りがふっと漂う。つけ汁は逆に甘すぎない江戸風だ。名もない見世だが、麵とつゆが絶妙に溶け合った蕎麦だった。

「新たに構えるのどか屋も、こういう蕎麦のような見世にしたいと」

謎をかけるように言って、時吉は蕎麦をたぐった。

「細く長く、ね」

打てば響くように、おちよが答える。

「それに、芯が通っている」

「あ、もう一つ思いついた」

おちよの目がいたずらっぽくなった。

「なんです？」

「お蕎麦とおつゆが、うまく助け合ってるの」

答えを聞いて、時吉は笑ってひざを打った。

蕎麦の盛り方も多かった。見世を出た二人は、腹ごなしに大川のほうへ歩いた。

夏には夕涼みの人影がかなりある界隈だが、いかにあたたかいとはいえ冬の夕暮れ、身を寄せ合っていなければ風は冷たい。時吉とおちよのほかには、下流のほうにさだかならぬ影が見えるだけだった。

日は西に傾いている。茜色に染まった光が川面で弾かれて、御恩《ごおん》のようにきらめいている。

「きれい……」

　おちよが瞬きをした。

「あの水は、海へ流れていく。でも、そこが浄土みたいに見える」

　何がなしに唄うように、おちよは言った。

「浄土はどこにでもあります」

　時吉は歩みを止めた。

「皿やお椀の中にも、暮らしていくところにも。どんなところにだって、浄土はある」

　半ばはわが身に言い聞かせるように、時吉は言った。

　水は流れていく。まだかろうじて青みの残る大川の水は、日の光を受けて雀色《すずめいろ》に染まる下流のほうへさざめきながら流れていく。

「のどか屋も、浄土ね」

　おちよが言った。

「ついては……新たな見世でやり直すにあたって、おちよさん」

　時吉の顔つきが、急にかたくなった。

「はい」

おちよは、短く答えただけだった。
息を止め、時吉の次の言葉を待った。
「わたしの、女房になってくれませんか」
時吉は告げた。
ほかにも気の利いた言葉をあれこれ考えてみたのだが、どの具材も冴えなかった。
ならば、何も入れない澄まし汁の味だけで勝負しようと考え直したのだった。
その言葉を、面を取る気合で、時吉は口にした。
おちよは瞬きをした。
その大きな瞳の中に、時吉が映った。
「こんな出戻りでよかったら」
そう言って、おちよはほほ笑んだ。
冬の大川端に、ひと足早く、春の花が咲いたかのようだった。
「ありがたく存じます」
見世の客に礼を言うように、時吉が堅苦しく頭を下げたから、おちよはまた笑った。
それで空気が和らいだ。時吉はやっと越えるべき峠を越えたのだ。
まだわずかに日の残る大川端で、二つの影がさらに寄り添い、一つに溶けた。

下流のほうにいたおぼろげな人影は、立ち去ったのかどうか、その姿はもう見えなかった。

鳥が飛んでいく。黒い羽を持つ鳥たちに交じって、白い水鳥が一羽だけ、水面《みなも》すれすれに飛び去っていく。

夕暮れの光を浴びて、白い羽は一瞬だけ朱を交えたように見えた。

それは希望《のぞみ》のようだった。続けざまに火事が起き、何もかもなくしてしまっても、川の水は前へ流れる。流れの果てに、まだ希望がある。そんなはるかな輝きのように見えた。

ややあって、二つの影は離れた。

時吉とおちよはゆっくりと歩きだした。

浅草の長吉屋からは遠ざかるが、川下へ、海のほうへ歩きたかった。そこにはまだ光がある。

川筋を船が行き交う。遠くに白帆が見えた。それもわずかに朱に染まっている。

黙ったまま、時吉とおちよは歩いた。言葉はなくても、心は通じていた。寒い晩、体をほっこりとあたためてくれる汁のようなもので満たされていた。

武家屋敷の塀が途切れ、江戸の家並み越しに沈んでいく夕日が見えた。時吉とおちよは歩みを止め、茜空を見た。

「また、昇りますね」

おちよが言った。

陽《ひ》を指したものだが、のどか屋も掛けてあることはすぐ分かった。

「昇れば、またたくさんの人がやってくるでしょう」

時吉はそう答えた。

刷毛《はけ》の紅でさっと色をつけたようなちぎれ雲が、風に吹かれて流れていく。

そのさまが花のようだった。寒い冬にもけなげに咲く、紅い花のようだった。

「あ」

おちよが短い声をあげた。

「どうした？」

いくぶん口調を変えて、時吉はたずねた。

「俳句の言葉が流れてきたの、いまごろ。亡くなった辰蔵さんに捧げる句」

大川に一歩近づき、おちよはその句を唱えた。

返り花いまも沖には光あり

また瞬きをする。

ここからは見えない沖のほうへ目を向ける。

「いまも沖には……」

「光あり」

時吉にも見えたような気がした。

辰蔵も、太吉もいる。

懐かしい人々はみな、光になってそこにいる。

沖の浄土にいる。

そして、まだこの地上で泣き笑いをしながら生きていかなければならない者たちを見守ってくれている。

死んでもそれで終わりではない。沖の浄土へ行く。そこから光と風を送ってくれる。

陽はまた昇る。

焼け野原になってしまった江戸の町にも、朝になれば、新たな陽が必ず昇る。

「戻ろうか」

川面を見ていたおちよの肩を、時吉は軽くたたいた。

「あい……おまえさん」

おちよは、女房の顔で答えた。

第六章　嫁菜飯と業平汁――船出

一

大川端から戻った時吉とおちよは、その勢いで長吉の許しを得た。

「ずいぶんと手間がかかったじゃねえか、時吉」

師は苦笑交じりに言った。

「はあ……ですが、『おまえにやるわけじゃない』と、のどか屋を手伝ってもらうときに言われたもので」

「馬鹿、そこはそれ、だ」

長吉はあきれたような顔つきになった。

「いい加減、酒が酢になっちまうんじゃないかと思ったくらいだ。おまえも料理人なら、もうちっと手際よくやれ」

「相済みません」

「で、おちよ」

次は娘を見る。

「はい」

「また出戻ってきたら、居場所はないと思いな」

「でも、初めのは姑《しゅうとめ》が因業だったせいで……」

「四の五の言うんじゃねえ」

父は一喝した。

「いままではここが家だから、ちょくちょくつらを見せてたが、これからは違うぞ。おまえはもう時吉の女房だ。のどか屋のおかみだ。そう料簡しな」

「はい」

娘は殊勝《しゅしょう》な顔つきになった。

「うちで油を売ってる暇があったら、往来に立ってのどか屋の宣伝でもしな。料理人の娘だと言っても、のどか屋の厨《くりや》の真ん真ん中に立つのは時吉だ。あるじをしっかり支えて、汗を流しな」

「一枚板は、のどか屋の心だ。大事にしな」

翌日、時吉はおきくの長屋をたずねた。

大工の朝は早い。火事のあと、見習いの兄の親平も大忙しで、親方に叱られながらほうぼうの普請場で励んでいるらしい。

足の悪いおきくの父の岩松《いわまつ》は古風なたちで、時吉がおきくの雇い主だったことを知ると、ていねいに両手をついてあいさつした。聞けば、体の調子は以前よりだいぶいいらしい。

岩本町でのどか屋をやり直すという話を告げたところ、おきくも岩松も喜んでくれた。だが、檜の一枚板を親平にという肝心の用件を切り出してみると、どちらもにわかにあいまいな顔つきになった。

「兄にはまだちょいと荷が重いんじゃないかと……」

おきくが首をかしげる。

「一枚板って言やあ、見世の顔でござんす。せがれみたいな半人前につくらせねえほうがよござんしょう」

岩松も和す。

「のどか屋はべつに名のある料亭じゃありません。前の見世はたまたま番付に載ったりしましたが、町の小料理屋で十分です。ですから、目を瞠るような出来じゃなくてもかまいません。檜なら、使いこんでいけばおのずと味が出ますから。これも一つの縁ということで、親平さんに腕だめしでお願いしたいんですが」

時吉はそう言ったが、おきくと岩松は首を縦に振ろうとはしなかった。

「使いこむも何も、兄にまっすぐなものがつくれるかどうか……」

「皿を置いた拍子にがたっと外れでもしたら、大変なご迷惑をかけちまうんで」

「縁っていうことなら、多助さんにつくってもらったらどうでしょう」

いくらか声を落として、おきくが言った。

「おう、そうだ。多助なら、若いが腕に申し分はねえ」

岩松は同じ長屋に住む大工を持ち上げた。

「なら、多助さんにお願いしましょうか」

時吉が言うと、父と娘はほっとした顔つきになった。

「岩本町となると、ここからは遠くなるし、見世にお客さんが来てくれるかどうかも分からない。おきくちゃんに手伝ってくれと言えないところが、ちょっとつらいんだが」

まだ木は若い。門口にまでいい香りが漂ってきた。

「上等じゃねえか」

おちよとともに検分にきた長吉は目を細くした。

「ついでに、座敷の畳も入れ替えて、土間に藺草《いぐさ》の茣蓙《ござ》を敷け」

「それだと、ほうぼうが匂うからどうかしら、おとっつぁん」

「そのうち、いろんな料理の匂いが加わるじゃねえか。ちょうどよくなるさ」

豆絞りの料理人は、そう言って笑った。

二

花の便りがほうぼうから聞こえる好《よ》き日――。

時吉とおちよは祝言を挙げた。

と言っても、構えたものではない。長吉屋の奥座敷で、ごく親しい人たちだけを招いたささやかな宴だ。

しきたりにこだわれば、こと料理に限っても「うすい」「さめる」「もどす」などを忌むなど、よろずにうるさいことになるが、そこはそれ、おちよは二度目だ。かための盃まではわりと堅苦しく進んだが、ほどなく無礼講になった。

「どんな料理をつくるかいろいろと思案していたんですが、奇をてらったものにしても仕方がない。ここはひとつ、素材の味でと料簡いたしました」

いつもより改まった口調で、長吉が言った。

「長吉屋でお出しできるのはこんなもんですが、もそっと凝った料理を召し上がりたいのなら、近々岩本町へのれんを出します、のどか屋へ足をお運びください」

そんなことを言い添えたから、場に和気が生まれた。

「うちのお料理も奇をてらったものじゃないから、おとっつぁん」

綿帽子をかぶり、唇に鮮やかな寒紅を引いたおちよが言った。

「ひと言多い花嫁だな」

「だって、のどか屋は小料理屋なんですもの。とくに凝っていなくても、ほっこりする料理をお出しするの。ね、時吉さん」

「まあ、師匠の弟子ですから」

時吉は盃を皿に見立て、下から料理を出すさまをつくった。

間違っても皿を上から出すな。ゆめゆめ客を見下したりするな、とは師匠のいちばんの教えだ。

「その料簡を忘れなきゃ、また客は来る。焦らずにやんな」

長吉はそう言って、婿の盃に酒を注いだ。

「奇はてらってなくても、ちゃんと仕事はしてるね。師匠も弟子も偉いもんだ」

季川がそう言って、伊勢海老の田楽に箸を伸ばした。

伊勢海老を湯がいて皮を取り去り、二つに割る。串は二本の横刺しだ。裏も表もほどよく焼いて、さっと胡麻油を塗る。

再び火にかけて、今度は焼き目がつく按配まであぶる。こうしてできあがった田楽を、木の芽や山椒を練りこんだ味噌につけて食す。

海老は読んで字のごとく、海の老人。時吉とおちよ、そして新たにやり直すのどか屋が、長く生きるようにという願いをこめた一品だった。

さほど凝ってはいないが、それだけに粗《あら》があれば目立ってしまう。長吉の手わざは、狂いなくきれいに打たれた串や、ほんのりと香る胡麻油や、海老の絶妙の焼き目などに見事に表れていた。

裃《かみしも》に白小袖、虚飾を廃した姿の新郎新婦は、祝いに訪れた客から次々に酒を注がれる。時吉もおちよもだんだん顔が赤くなってきた。

長吉の弟子、つまり、時吉の兄弟子や弟弟子がいる。ともに厨に立って仕事をし、賄い飯を食った仲だ。

もちろん、長吉の親族があらかたそろっている。おちよのいとこや伯父などが、入れかわり立ちかわり酒を注ぎにくる。婚礼はにぎやかに続いた。

おちよのほうには幼なじみの友も来ているが、時吉はわけあって故郷を捨てた。家も、刀も捨てた。

いささか寂しいところは、かつての常連客が埋めてくれるはずだった。しかし、清斎は診療で忙しく、ここまで来るわけにはいかない。十手持ちの半兵衛は、縄張りがあったからこその縁だ。わざわざ縄張りの外まで出張ってくるほどの情はない。

そして、季川の隣に、辰蔵がいなかった。

酔いが回ってくると、隠居はまたその話をした。

「年寄りの繰り言かもしれないがね。安房屋さんがこの場にいたら、どんなに喜んだろうと思うと、いまだにやりきれなくてね」

季川はしみじみと言った。

「それでも、新蔵さんが懸命に立て直してます。先だって焼け跡を見にいったときも、気の入った様子で樽を運んでました」

のどか屋の移り先が決まった時吉は、三河町の焼け跡をたずねた。のどか屋のあったところは見る影もなく焼け崩れていたが、その一方で、もう普請も始まっていた。安房屋もそうだが、やがては復興する。夏の光が濃くなるころには、またそこここで明るい声が響くだろう。

焼け跡を見届けた時吉は家主を訪ねた。聞けば、あそこには長屋を建てるらしい。時吉はいままでの礼を言い、ついでに出世不動に参ってさまざまな願い事をした。

さらに、神田多町の相模屋《さがみや》をたずねた。「結び豆腐」の件で縁ができたこの豆腐屋も、息子夫婦が切り盛りしている総菜屋も、火の筋を逃れて無事だった。もちろん井戸にも変わりがない。時吉は自慢のうまい豆腐をもらい、励ましの言葉を背に帰路に就いた。

一応のところ、ふっきれた思いだった。ただ、ひそかに探していたのどかは見当たらなかった。やはり死んでしまったのか、まるで柄の違う猫しか目にしなかった。

「あ、そういえば、あの子の話をしたら？」

おちよが水を向けた。

「あの子と言うと？」

季川が問う。

「時吉さんが火の海から助け出した赤子のお話」

「ああ、その子ね。働きだったね」

例の話は、おちよがいくぶん尾鰭《おひれ》をつけて隠居に話してあった。

「いまは兄弟子の家で育ててもらってるんですが、おまえが名前をつけろと言われましてね」

「なるほど、縁だからね。で、どんな名前にしたんだい？」

時吉はひと呼吸おいてから答えた。

「辰蔵、とつけてやりました」

季川はすぐ返答しなかった。
二、三度、瞬きをし、やんわりと笑ってから答えた。
「……そうかい。そりゃあ、いい考えだ。いや、ほんとに安房屋さんの生まれ変わりかもしれないからね」

「はい。そう思いまして」

「ちと平仄《ひょうそく》は合わないかもしれないが、そこはそれ、だ。去っていくいのちもあれば、生まれてこれから育っていくいのちもある。わたしらなんぞにはうかがいしれないところで、そういった大きな輪のようなものが動いてるんだ。安房屋さんも、その中に入った。いったん江戸の浮世の地べたから離れた安房屋さん……いや、新蔵さんが継いで安房屋になったんだから、ただの辰蔵さんでいいやね、その辰蔵さんのたましいは、いまにも死にそうだった赤ん坊の中に入って泣いたんだ。『おい、時さん、ここだよ。安房屋の隠居だよ、助けておくれ』ってな」

泣き笑いの声色《こわいろ》を使いながら、季川は語った。

「安房屋のご隠居さんみたいな、立派な人生を歩んでほしいという願いをこめて、時吉さんがつけたんです」

と、おちよ。

「そうなるさ。わたしもいずれ、だれかのとこへおじゃまするよ」

「なら、うちの組の太吉も、どこかへお邪魔してるかもしれませんな」

そう言いながら、火消のかしらの竹一が酒を注ぎにきた。新郎新婦ばかりではない。隠居にも注ぐ。

「喧嘩で死んだんじゃない。纏を持ったまま引かなかったんだ。さぞやいいところに生まれ変わってますよ。今度は何も難儀せず、泰平に笑って暮らせるでしょうよ」

季川が言う。

「いや、でも、まだ生まれ変わられたら困るかもしれませんな」

「と言いますと？」

「太吉の嫁になるはずだったおみっちゃんのたっての願いで、祝言を挙げさせてほしいと……そういうことになりましてね」

「お婿さんが亡くなったのに？」

おちよが目をまるくした。

「おれらは止めたんでさ。おみっちゃんはまだ若い。これからいくらでもやり直せる。その器量なら、嫁のもらい手はたんとあるだろう。つらい気持ちは分かるから、当分のあいだ喪に服してくれるのならいい。ただ、祝言まで挙げたんじゃ、太吉があの世へ行きづらかろう。あの娘は死んだ男と祝言を挙げたんだから、嫁にもらうわけにはいかないなどとも言われかねない。祝言だけは思い直しな、と親も周りの者も止めたんだが、どうあっても挙げさせてくれ、ひと晩だけでいいから太吉さんの嫁にならせてくれと、ぼろぼろ泣きながら訴えるばかりでね。こりゃあもう、無理に止めたら喉でも突きかねない、仕方あるまい、とみんな折れたっていう次第で」

「そうかい。弟さんを替え玉にするわけにもいくまいしね」

場が湿っぽくなってきたから、季川が冗談めかして言った。

「そのとおりでさ。で、どこでやるかなんですが、これも縁だ、のどか屋の門出も祝って、新しい見世の座敷でやらせてもらえないかと思ってね。今日は祝いのついでに、それも言いにきたんだ」

火消のかしらは居住まいを正した。

「やらせていただきましょう」

時吉はただちに答えた。

「気を入れて、つくらせてもらいます」

「そうかい……ありがてえ」

竹一は両手を合わせた。

その後も宴は続いた。

長吉が渋い声で長持唄を披露したり、弟弟子が意外な手妻《てづま》を見せたりして、酒が楽しく回った。

「ときに、師匠、餞《はなむけ》の一句は？」

頃合いを見て、おちよが季川にたずねた。

「やっぱりおいでなすったか」

隠居が苦笑を浮かべる。

「それがないと締まらないでしょうに」

「ここんとこ、不出来な句が多くてね。大したものは浮かばなかったんだが」

と言いながらも、季川は手つきで短冊を所望した。

ほどなく準備が整い、手際よくすりあげた墨を筆に存分に含ませると、隠居はうなるような達筆でこうしたためた。

千代の時たたへてうれし花の山

時とちよ、新郎新婦の名前が織りこまれている。

「どうにも月並だね」

「そんなことはないですよ。ありがたく存じます」

おちよが頭を下げた。

「もう一句浮かんだんだが、『ながるる』は忌み言葉だろうからね」

「この際いいですよ。あたし、もう一回流れちゃってるんだし」

おちよがさばけたことを言うと、本当はそちらを披露したかったらしい隠居はまた筆を執った。

花筏《はないかだ》ながるる果ての光かな

三

こうして、岩本町の角に「のどか」と染め抜かれたのれんが掛かった。

見世を開くにあたって、時吉とおちよのあいだで意見の食い違いがあった。時吉としては、格別の音を立てず、すっと軒行灯に灯を入れるつもりだった。

(おや、灯りがともっている。いい匂いもする。

料理屋さんができたんだね。なら、そのうち入ってみるか)

通りかかった人がそう思い、実際にのれんをくぐってくれる。

あとは腕ともてなししだいだ。そうやって、少しずつ常連さんを増やしていけばいい。

時吉はそういう肚づもりだったが、おちよは首肯《しゅこう》しなかった。

知り合いのいない町に見世を出すのだから、むやみに派手でなくてもいいから、それなりに宣伝は要るはず。何も鉦《かね》太鼓で「のどか屋でございい」と名乗りをあげなくたっていい。のれんを出した当座は、ふところが少し痛んでもいいから料理をできるだけお安くお出しして、一人でも多くのお客さんにのどか屋の味を知ってもらうのが上策ではないかしら。

おちよの言い分ももっともだった。そもそも、ついこのあいだまでは焼け跡で炊き出しをやっていた。難儀をしている人たちからは一文も取らなかった。その続きだと思えばいい。

ただし、あきないはあきないだ。所帯を持ったからには、女房を食わせていかねばならない。そのうちややこができるかもしれない。ずっとふところを痛ませていてはやっていけないから、頃合いを見てお代を上げることを時吉は提案した。

ならば、初めからいついつまでと決めておけばいい。今日来てみてお代が上がっていたら腹を立てる人が出るかもしれないが、初めに言っておけば大丈夫だろう。

そんな調子で、相談がまとまった。

来月の八日に灌仏会《かんぶつえ》がある。お釈迦様が降誕した日だ。

江戸の町の初夏だよりは、初鰹の売り声にほととぎすの鳴き声、それに灌仏会のにぎわいだ。そのあたりで切れば調子がよかろう、と話が決まった。

次は、何を安くふるまうかだ。

季《とき》の息吹があって、奇をてらわないのどか屋らしい料理で、なおかつ二人の門出にふさわしいもの、というふうにおちよが注文をたくさんつけたから、これまたまとまるまでにずいぶん時がかかった。

昼どきに出す料理は、話し合った末に次のように決めた。

嫁菜《よめな》飯に業平《なりひら》汁

もちろん、嫁菜がおちよ、業平が時吉という謎かけだ。

嫁菜は在《ざい》の女房衆が朝摘みのものを売りにくる。これを茹でてあくを抜いてから水にさらし、きつく絞って切る。炊いた飯に塩を存分に効かし、嫁菜を交ぜてむらせば、ほろ苦い野の香りが心地いい嫁菜飯ができあがる。

嫁菜はまた、酒の肴にも重宝する。浸しも胡麻和えも玉子とじにもなる。汁の具や、彩りのあしらいにも使える。宣伝を兼ねた嫁菜飯のお代をぐっと下げた代わりに、そのあたりの注文が出ればという皮算用だった。

一方、業平汁は蜆《しじみ》汁だ。

剝き身の蜆は、ちょいといなせなお兄さんらが筒袖の小意気な姿で売りにくるが、殻付きのは男の子が天秤棒をかついで朝早くから回ってくる。

行徳《ぎょうとく》の蜆も名が響いているが、負けず劣らず、亀戸《かめいど》の業平蜆も品《しな》がよかった。これを汁にして、嫁菜飯とともに出す。

腹にたまるし、あたたまるし、体にもいい。

何より、お代が安い。

のどか屋の料理は、早くも評判になった。

岩本町はもともとが武家地で、正徳《しょうとく》（一七一一～一七一六）のころに町屋になった。三つに分かれているうち、神田川に近いところには古道具屋などもあるが、総じて地味な構えだ。

のどか屋の角を少し進めば、釘鉄銅物問屋の野田屋《のだや》がある。山笠に「玉」と記された屋号が目立っているが、ほかに問屋らしいものはなかった。

その地味な町の角に、のどか屋がのれんを出した。朝から晩まで、時吉とおちよはよく働いた。

「ありがたく存じました」

「どうぞお気をつけて」

「お休みなさいまし」

最後の客を見送ってからも、明日の仕込みがある。夜は遅くなるのが常だった。

仕事が終わると、二階の狭い一間で眠った。夜風が冷たい晩でも、身を寄せ合っていれば寒くはなかった。

「ちょっとお客さんが減ってきたみたい」

あるおり、おちよが心配そうに言った。

「そりゃ、初めのうちは御祝儀がてらのお客さんも来るし、安い飯だけ食べにくる人もいる。減るのは当たり前だ」

時吉は答えた。

師匠の娘に見世を手伝ってもらっているという考えがあったから、いままではわりかたていねいな言葉遣いをしていたが、もうそんな遠慮はいらない。

「でも、当たり前、にしちゃうのはどうかと思うの」

「まあ、そうだが」

「いくら安くたって、毎日毎日、嫁菜飯ばかりじゃ口が飽きると思うのね。ほかのご飯も入って、またしばらくしたら嫁菜飯になる。そうやって回していけば、お客さんも目先が変わっていいと思うのよ」

「なるほど」

おちよの言うことはいちいちもっともだった。手間を惜しんではいけない。面倒でも、日変わりの飯にしたほうがいい。

「分かった。ほかの飯を考えてみよう」

「そうこなくちゃ」

おちよは笑った。

めでたいほうがよかろうと、新たに加える飯の一つは千疋飯《せんびきめし》にした。疋とは金を指す。千疋で千両だから、こんなにめでたいものはない。

彩りも紅白だからおめでたい。まずちりめんじゃこを入れた飯をつくる。これに大根おろしをかけ、醤油《したじ》と塩を控えめに効かせただしを張る。

仕上げは一味唐辛子だ。はらりと振られた赤がなんともいえない彩りだが、すべての味もぴりっと締めている。縁起物でなおかつうまいということで、評判は上々だった。

もう一つは、春の香りがふんだんに詰まった筍飯《たけのこめし》だ。だしを効かせて炊きこんだ筍飯に、さらに木の芽を添える。どこまでも春の香りがする料理だ。

一緒に油揚げも炊きこんである。さくっとする筍と嚙み味が違うし、嚙めばじゅわっと味がしみ出る。

筍飯には若竹汁、千疋飯には菜の花汁。吸い物も変えた。

おちよの目論見《もくろみ》どおり、一度鈍りかけた客足が戻ってきた。なかには昼ばかりでなく、夕方や夜にも足を運んでくれる常連もついた。初めのうちは閑散としていた一枚板の席にも活気が出た。

仕出しの注文も来た。舌の修業は後回しにし、灌仏会まではと、休みなしにのれんを出しつづけた。

その甲斐あって、のどか屋の船出はうまく行った。

帆は心地よく風をはらんだ。

四

「では、どうかよしなに」

火消のかしらの竹一が言った。

「承知しました」

「ありがたく存じます」

時吉とおちよが頭を下げる。

「お先に帰らせてもらいます」

一枚板の席で呑んでいた隠居にも声をかけ、竹一はのどか屋から出ていった。

「お気をつけて」

もう外は暗い。

夕方にのれんをくぐった火消のかしらは、いままで例の婚礼の段取りをしていた。

太吉の嫁になるはずだったおみつの決心は揺るがなかった。前ののどか屋で、「倖《しあわ》せの一膳」の婚礼料理を請け負ったことがあるが、あれは新郎新婦がそろっていた。ずいぶん涙したが、二人のための料理ということでは変わりがなかった。

今回は違う。花嫁しかいない。花婿になるはずだった火消は、先の大火で纏を握ったまま死んだ。

そんな異例の婚礼の料理をこれから考えなければならない。名を指してもらったのは料理人冥利に尽きるが、時吉は身の引き締まる思いだった。

「もうあらましの絵図面は引けてるのかい？　時さん」

季川がたずねた。

「まだちっともですが、ありきたりのものをお出ししても仕方があるまいと」

「そりゃそうだね。立派な鯛を出したって、鯛が泣きかねない。花嫁さんがさらにかわいそうに見えてしまうしね」

「そうなんです。とにかく、ここに座れなかった新郎さんの不幸を祝っているような感じのものにだけはしたくないと、ちよとも話してるんですが」

おちよさん、が、ちよ、と呼び捨てになった。

そのおちよは、べつの客を見送りに出ていた。

「あ、いらっしゃいまし」

と、表で明るい声が響く。

浪人風の武家が一人、ふらりと入ってきた。

「熱燗と、味噌でもくれ」

ぶっきらぼうに言い、一枚板の席の端に座る。

「承知しました」

どこかで見憶えがある顔だ、と時吉は思った。

この見世に来たことはない。それならはっきり憶えている。

とすると、前ののどか屋だったか、あるいは……。

「おみつさんの気が晴れるというか、これから先、前を向いて歩いていけるような、そんな料理になればいいやね」

「前を向いて、ですね」

「そう、前を向いて」

隠居は復唱し、筍羹《しゅんかん》に箸を伸ばした。

春の巡りとともにのどか屋で出される料理だ。茹であげた筍《たけのこ》の節をくりぬいて、詰め物をして蒸す。詰める物は海老のすり身などをぜいたくに使ってもいいし、その日の余り物で間に合わせてもいい。なかなかに融通の利く料理だ。

ただし、仕上げは同じだ。目に鮮やかで香りもいい木の芽を添える。その青みがあってこそ、筍の黄色が引き立つ。木の芽を添えられない筍羹は画龍点睛《がりょうてんせい》を欠く。

「ま、なんにせよ、火事はもうこりごりだね。人が泣く」

隠居がしみじみと言った。

「うちも、前にも増して火の用心をしてますよ」

座敷の片付け物をしながら、おちよが言った。

「そりゃいい心掛けだ」

隠居がそう答えたとき、手酌《てじゃく》で渋く呑んでいた武家がやおら口を開いた。

「火事といえば、また異なうわさを耳にした」

「と言いますと？」

「そのうち、神田川の北が焼けるらしい。霊岸島は予言どおりになった。どうやら根も葉も無いうわさではないようだ」

武家は心持ち目をすがめ、無骨な指で味噌をすくった。手元不如意《ふにょい》なのかどうか、「ほかに何かおつくりいたしましょうか」と声をかけても、「いらぬ」のひと言でにべもなかった。

「それはまた物騒だねえ」

「何事もなけりゃいいけど」

季川とおちよが顔を見合わせる。

「江戸に火事は付き物よ。やむをえぬことだな。せいぜい神信心をすることだ」

「そうは言っても、お武家さま。大火になれば人がたんと亡くなります。その数だけ泣く人が出ます」

「出るな」

「それでも、江戸に暮らす人たちは、涙の川を渡って、どうにかやってきました。この先もなんとかなりましょう。生きてさえいればね」

隠居の言葉に、武家は答えなかった。どこか嫌な笑みを浮かべただけだった。

その表情を見たとき、時吉はだしぬけに思い出した。一枚板の席に座っている武家とどこで会ったか、ふっと記憶がよみがえってきたのだ。

それればかりではなかった。出世不動で火の用心を祈り忘れたとき、何か忘れ物をしたような気分になった。あのときの感じが、ずいぶんくっきりと胸によみがえってきた。

「お武家さまは、ほうぼうの町で呑まれてるんですか？」

何も気づいていないおちよは、愛想よくたずねた。

「おれは、風だ。見立てによると、風神の生まれ変わりらしい」

「まあ、それは」

「ゆえに、風のごとくに現れ、風のごとくに去っていく」

武家はそう言って燗酒をあおった。

「いずれにせよ、大火が終わったと思うのは大きな間違いかもしれぬぞ」

「いやですねえ」

隠居が顔をしかめる。

「でも、ご隠居。おおかた風説でしょう。霊岸島の大火がうわさどおりになったから、軽い気持ちで、今度は神田川の北が焼けるなどというらちもないたわごとを」

いささか思うところあって、時吉は言った。

「らちもないたわごとだと？　そういう料簡だと、泣きを見るぞ」

酒をくいっとあおり、武家はいくらか身を乗り出した。

「泣きを見ようが何をしようが、邪説は邪説、この見世で広めたりはしませんよ。よそへ回ってくださいまし」

毅然とした口調で時吉が言ったから、おちよと隠居は顔を見合わせた。

武家は気分を害したらしい。荒々しい手つきで一枚板の上へ銭を置くと、ひと言も発さず、懐手《ふところで》をして大股で歩み去っていった。

その背中を、時吉はじっと見送っていた。

「おまえさん……」

気遣わしげに近づいてきたおちよに向かって、時吉は黙ってあるしぐさをした。

腰に手をやる。

そこにはもう刀はない。そのないはずの刀の鯉口を切るしぐさだった。

「すると、いまのは……」

「火付けかもしれない。長吉屋の炊き出しの列にも並んでいた。そのときも、霊岸島で火が出るという話を」

声をひそめて、時吉は語った。

「火付けですって?」

おちよの顔色が変わった。

「もしそうだったら、こりゃただごとじゃないよ」

と、季川。

「ちよ、見世を頼む。あとをつけてみるから」

「気をつけて。無理しないで」

「ああ。したくても丸腰だ」

渋く笑うと、隠居に軽く会釈をし、時吉は夜の闇へ出た。


つかず離れず、怪しい武家のあとを追って、時吉は歩いた。

今度こそ、と思った。

先に出世不動へ参ったときは、虫の知らせを生かすことができなかった。今度こそ、ひとたびつかんだ綱を離さぬようにしなければ。

相手に気取られぬように、息を殺しながら慎重に時吉は歩いた。

夜鳥《よどり》が鳴いている。その陰々とした声を聞きながら、時吉はお玉が池の跡を過ぎ、和泉橋《いずみばし》を渡って神田川の北側へ出た。

火除《ひよけ》のための広い道には二八蕎麦などの屋台が出ていたが、武家は目もくれず、さらに北へ進んでいった。

辻番の提灯が見えたから、前の武家に気取られないように駆けこみ、時吉は手短にいきさつを告げた。勘が働いたとはいえ、もし濡れ衣だったとしたら面倒なことになりかねない。

わたしの思い過ごしかもしれませんが、万が一火付けだったら一大事なので——と言葉を選んで告げると、何か通じるものがあったのか、それならそれとなく見張りを、と役人も腰を上げてくれた。

時吉は辻番を出て、また武家のあとを追った。背はよほど小さくなっていたが、ひたひたと腰をかがめて追うと、やがてはっきりとした的の大きさに戻った。

闇へ闇へと、怪しい影は進む。武家地は避け、何かを物色するかのように左見右見《とみこうみ》しながら歩いていく。

折にふれて立ち止まって手をかざす。どうやら風向きを見ているようだ。

昼は穏やかだったが、日が落ちるころからぐっと冷えこみ、風も強くなってきた。北から吹きおろす風だ。もし火が出れば、風に乗ってあっと言う間に神田川を越え、またしても江戸の町を焼きつくす大火になってしまうかもしれない。

行く手に普請場があった。長い木の板が何枚か立てかけられている。むろん、いまは夜、あたりに人影はない。

「うっ……」

危ういところで、時吉は軒端に身を隠した。

武家がやにわに振り向き、あたりの様子をうかがったのだ。

幸い、月あかりは陰った。闇の中を、身をかがめ、息を殺し、時吉はゆっくりと近づいていった。

カチッ、と音がした。

火打ち石だ。

おそらく、付け木も用意しているだろう。杉などを薄く削った付け木には、硫黄が塗られている。火打ち石から出た火花を付け木に移し、さらに普請場に火を付ける。

ひとたび生じた火が風にあおられれば、たちまち大火の源になる。

(こやつが……)

時吉は奥歯を嚙んだ。

(やはり火付けだった。どこそこから火が出るとうわさを振りまき、自ら火を放っていたのだ。霊岸島から火が出たのは、神のお告げでもなんでもない。一から十まで、こやつが仕組んだ芝居だったのだ。それに味を占め、またしても同じ愚行を試みようとしている。こやつのおかげで、多くの者が死んだ。多くの者が泣いた……)

時吉の中を、嵐が吹き抜けた。

(許さぬ)

もはや腰に刀はない。

だが、それを忘れるほどの激しい怒りだった。

「待て」

時吉は武家の前に躍り出た。

「何やつ」

「やめろ」

「邪魔するな！」

武家は仁王立ちになって一喝した。

「うぬが、火付けだな」

再び、月あかりが差してきた。武家の悪相を照らす。

「おのれは……料理屋のあるじか。料理人風情《ふぜい》が、おれの邪魔立てをする気か」

「そうだ」

時吉は一歩も引かなかった。

体じゅうの血が、怒りに沸き立っていた。

「面白い」

武家は鼻で笑った。

次の瞬間、武家はやにわに抜刀した。

刃先に月光が宿る。

「おれの顔を見られたからには、生かしてはおけぬ」

構えが変わった。

斜め上段、すぐさま袈裟懸《けさが》けに斬りこんできそうな構えだ。

時吉は素早く引き、間合いを取った。

普請場の板をつかむ。

丸腰の料理人が使えるのは、それしかなかった。

「三河町の火事も、うぬが仕業か」

板を持つ手に力をこめ、時吉は問うた。

「あれは知らぬ。おれが浄土にしてやったのは、霊岸島の火事などだ。江戸の外の在のほうにも、たびたび出張《でば》ってやった」

「浄土だと？」

「そうよ。江戸も浮世も汚《けが》れておる。おれほどの使い手を、どの藩も取り立てようとせぬ。町の道場でも要らぬと言いよった。ただ強いだけではいかぬのだそうだ。近ごろは町人風情も剣術の修業をする。そやつらの機嫌も取りながらつとめよ、と腐れたことを言われた。地蔵も斬るほどの腕前のおれに、男芸者まがいのことをせよとぬかす。世の中はそれほど汚れておるのよ。地蔵斬りのおれが、酒代にも事欠いて傘張り浪人ぞ。そんな誤った江戸の町を焼き払って、浄土にしてやったのだ。ありがたいと思え」

憑かれた両目をカッと見開き、火付けは昂然と言い放った。

「外道《げどう》め」

「慈悲は施してやったぞ。あらかじめ、霊岸島で火が出ると警告してやったではないか。にもかかわらず火で死んだとすれば、それは自業自得というものよ」

「言うな！」

身を低くして、時吉はじりっと詰め寄った。

「地獄の土産に聞かせてやった。そろそろ死んでもらおう」

そう言うなり、火付け浪人は手首を返し、鋭く斬りこんできた。

「キエーイ！」

一刀両断の剣だ。

時吉が受ける。

だが、板はいともたやすく斜めに斬り落とされた。

時吉は横に走った。

同じところにとどまっていたら、たちどころにやられてしまう。辻番には告げてある。時を稼げば、加勢が来る。

普請場の材木を倒し、束の間なりとも敵をひるませると、時吉は手にした木を構えた。

「小癪《こしゃく》な。おのれは、元は二本差しだな？」

「捨てた」

「名乗れ」

「のどか屋の、時吉」

元の名は出さなかった。

いまは一介の料理人、のどか屋の時吉だ。

この火付け浪人の悪業によって、たくさんの市井《しせい》の人々が泣いた。大事な人を亡くして泣いた。

その恨みを晴らすべく、刀ならぬたった一枚の板を構えて、時吉はこの江戸の町に立っていた。

「斬ってやる」

火付け浪人はまた凶剣を振るった。

力まかせの剣だが、鋭い。

剣風が首筋をなでていった。

うしろへ下がり、また間合いを取る。

「腰抜けめ。攻め手はないのか。とりゃっ！」

斬りこんでくる。

横ざまに振り下ろす剣が速い。地蔵斬りもあながち嘘ではなさそうだ。

鹿島神道流《かしましんとうりゅう》の剣豪・平井八郎兵衛《ひらいはちろべえ》は、敵を袈裟懸けに斬り捨てたとき、力余って道端の石の地蔵まで斬ってしまったと伝えられている。にわかには信じがたい話だが、この剣風に肌で触れてみれば、ありうることだと感得された。

とにもかくにも、剣が届くところにいてはならない。たちどころにやられてしまう。

「キエーイ！」

気合一声、火付け浪人は必殺の剣を振るった。

時吉が受ける。

だが、石をも斬る剣だ。時吉が手にした板の先は、あっけなく斬り落とされて宙に舞った。

同時に、何かに足を取られ、時吉は地に倒れた。

全身が総毛立った。

やられる、と思った刹那《せつな》、体が動いた。

時吉は地を転がり、敵の上からの突きをすんでのところでかわした。

風が吹く。

風上に立たねば、と時吉は思った。

丸腰で風下にいたら、今度こそやられてしまう。

時吉は素早く立ち上がり、またべつの板をつかんだ。

「死ね」

休ませまいとばかりに、敵が斬りこんでくる。

左へ、右へ、板を囮《おとり》に動いて、時吉は防御につとめた。

板は斬られて短くなった。

だが、ふと見ると、その先がとがっていた。

削られた杭のごとくにとがっていた。

その先端に、月光が宿る。

いや、宿っているのは月あかりだけではない。

大火で落命した幾千ものたましいが、そこに宿り、光っているように見えた。

時吉はいつしか風上に立っていた。

背を風が押す。

うらみを晴らしてくれと訴えるように強く吹く。

「食らえっ！」

火付け浪人は踏みこんできた。

その剣筋が分かった。

斜め上からやみくもに振り下ろしてくる剣を、時吉は飛び退《しさ》ってかわした。

いまだ、と思った。

左の次は右。

逆に腕を振り上げる。必ず大きく振りかぶってから踏みこんで斬る。体を剣に乗せて斬る、地蔵斬りの要諦《ようたい》だ。

そこに、すきができる。

一瞬の空白が生じる。

時吉の背を風が押した。

（走れ、時吉。

前へ。

死んでいった者たちのうらみを乗せて、悪党を斬れ。

いまだ！

前へ走れ、時吉！）

手にした板と一体になって、時吉は前へ突き進んだ。

「うぐっ……」

声を発したのは、敵のほうだった。

予期せぬ角度から鋭く突き出された板。先端が杭のようになったものは、過《あやま》たず火付け浪人の喉笛に突き刺さっていた。

敵がよろめく。

もう言葉を吐くことはなかった。

吐いたのは、血だけだった。おびただしい量の血を吐くと、火付け浪人は仰向けに倒れた。

時吉は肩で息をついた。

通りの向こうから、二つ、三つ、提灯が揺れながら近づいてくる。

御用、御用の声が響く。

しかし、もう終わっていた。

地に倒れ臥したまま、火付け浪人は動こうとしなかった。

第七章　寄せ物づくし――祝言

一

時吉におとがめはなかった。

前もって番所に知らせておいたのが功を奏した。さもなければ、面倒なことになってしまったかもしれない。

元武家とはいえ、いまは一介の料理人。それが武家を殺してしまったのだから、死罪になっても文句は言えないところだった。

時吉にうしろぐらいところはいささかもなかった。これでおとがめを受けるのなら、さだめだとあきらめるしかない。そう思い、包み隠さずいきさつを述べた。

武家の身元は最後まで判然としなかったが、むくろを子細に調べてみたところ、時

師の長吉も、そんな話は聞いたことがないと言う。

ありきたりの料理ではいけない。鯛や海老や鯣《するめ》といった縁起物を並べ立てれば、かえって花嫁が不憫《ふびん》に見えてしまう。さて、どうしたものかというところで壁に突き当たって、いっかな前へ進もうとしなかった。

「ちょっと考えの筋道を変えてみたらどうかしら」

おちよが言った。

「どんなふうにだ？」

「それはまだ見えないけど、花嫁だけの婚礼っていうことをあんまり考えるから行き詰まってしまうんじゃないかと」

おちよの言うことはもっともだった。時吉はいったん道を引き返し、まっさらなところから考え直すことにした。

「かしらの話では、太吉さんの代わりに小ぶりの纏を席に置くつもりらしい。壁にはよ組の半纏を吊るしてね」

「真新しいもの？」

「そう。火事で死んだことはひと言も言わないようにと、よ組の衆によくよく言っておいたそうだ」

「よ組の衆に、よくよく……」

おちよはほおに人差し指を当てた。

「何か思いついたか？」

時吉が問うと、おちよのほおにえくぼが浮かんだ。

名案を思いついた証しだった。


やっと絵図面が引け、そろそろ仕込みに取り掛かろうかという頃合いに、またかしらの竹一がのどか屋にやってきた。

太吉の弟の梅次も伴っていた。父に続いて兄も亡くし、たった一人になってしまったからひと頃はしょげていたが、今日は顔に精気が戻っていた。

そのわけは、ほどなく分かった。

「おみっちゃんと太吉の婚礼だけじゃ、やっぱりどうかと思ってね。とにかく、湿っぽくなっちゃいけねえ。太吉だって、あの世で纏を振りづらかろう」

火消のかしらは、そんな言い回しをした。

「なるほど、それで結納《ゆいのう》も合わせて、と」

一枚板の席で昼酒を呑んでいた隠居が言った。

「そのとおりで。喪が明けねえと祝言は挙げられませんが、それくらいならと。兄貴も喜んでくれるんじゃないかと」

梅次が目をしばたたかせた。

弟のほうにも好き合った娘がいることは、時吉も察しがついていた。前ののどか屋で、竹一が「おめえものろけりゃいいんだ、梅次」と言ったことがある。

かしらとしては、その固めごとを合わせて行い、宴が陰にこもらないようにという腹づもりらしい。

「でも、おみつさんは承知してるんでしょうか」

おちよがたずねた。

「そのあたりは心配ご無用で、おかみ」

かしらはすぐさま答えた。

「こいつのいいなずけはおかよちゃんっていうんですがね、ちゃんと二人でおみっちゃんのところへあいさつに行って筋を通してきたんだから偉《えれ》えもんだ」

「ああ、それなら」

「おみっちゃんも、そりゃ祝言の件は譲ろうとしなかったが、もともとは気持ちのさっぱりした娘だ。そういうおめでたいことがあるのなら、梅次とおかよちゃんの固めごとを前にして、わたしは端のほうでいいなどと言い出すもんだから、かえってこっちがうろたえたくらいでね。のどか屋さんだって、もう段取りをしてるでしょうに」

「ええ、よ組にちなんだ華やかなものをと、考えた末に決めました」

時吉は答えた。

「食べると元気が出てくるようなお料理をと」

おちよも和す。

「そいつぁ楽しみだ」

「で、固めの膳のほうは？」

「しまいのほうに、ちょいと当人らに出してやってください。それで十分で」

「兄貴の婚礼なんで、おれはほんの脇で結構です」

梅次はそう言って頭を下げた。

「そうそう。太吉の代わりに、お守りを座らせます。握ったまま、最後まで離さなかったお守りをね」

竹一はしみじみと言った。

「なら、座布団を」

「二つ並べて」

「雛のようにね」

「さぞや……いや、湿っぽくなっちゃいけねえ」

「泣くならいまのうちだぞ、梅次」

「へい」

若い火消は、なんとも言えない顔つきになった。


その日が来た。

火消のよ組は大所帯だから、太吉と縁のある者に限ったが、それでものどか屋はたちまち一杯になった。

揃いの半纏に身を包み、上座に置かれた纏に声を掛けていく。

「本日はおめでたく存じやす」

「おめでたいことで、兄《あに》さん」

纏持ちの太吉がそこに座っているかのように腰を折り、火消たちはそれぞれの席へ戻っていった。

ほどなく、花嫁の駕籠《かご》が到着した。

綿帽子を被った白無垢姿のおみつがのどか屋に姿を現すと、ため息が幾重《いくえ》にもかさなって響いた。唇に朱をさした花嫁は、画《え》から抜け出てきたかのようで、たとえようもないほど美しかった。

紅筆は、手鏡と併せてよ組からおみつに贈った。○に「よ」と金彩で記されている。太吉からもう贈り物はできないから、せめてもの気持ちだった。

柿色の座布団の上に、花嫁が座った。

その隣の、新郎が座るはずだった座布団には、お守りが一つ、ぽつんと儚《はかな》げに置かれていた。

おみつが思いをこめて太吉に贈った、火除けのお守りだ。

火に克《か》つようにと、水色の布《きれ》でつくった。銀色の糸で丹念に縫った文字は、いまはすっかりゆがんでいた。

火除祈

かろうじてそう読み取ることができる。

だが、字はゆがんでいても、お守りに焼け焦げの跡はまったくなかった。太吉がしっかりと握りしめていたからだ。

「おうおう、妬《や》けるね」

「さすがはのどか屋のおかみだ」

「あるじの思いつきだったら、もうちっと地味になったろうて」

そんな声が出たから、一度は湿っぽくなった座敷に花が返ってきた。

寄せ物づくしの皿は、まず寄せ玉子がある。溶き玉子にだし汁を入れてよく混ぜ、静かに漉《こ》す。これを蒸せばできあがりだが、こたびは婚礼の料理、ここにひと手間かけてみた。

寿、と切り抜かれている型を寄せ玉子の上にそっと置き、食紅を塗る。型を剝がせば、鮮やかな「寿」が浮かびあがる。

寒天を用いた寄せ物もつくった。

まずは玲瓏豆腐《こおりどうふ》だ。煮溶かした寒天に豆腐を入れ、固まるのを待つ。これに黒蜜をかければ菓子に、三杯酢で食せば料理になる。

時吉はここでも手間をかけた。

中に入れる豆腐を賽《さい》の目に切り、ざるに入れて水に浸しながら振る。なかなかにこつは要るが、こうすると豆腐の角が取れてしだいに丸くなっていく。

さらに、またしても食紅を用い、半分を赤く染める。これを寒天に投じて固めれば、紅白の珠《たま》を抱く新手《あらて》の玲瓏豆腐ができあがる。

おちよはこれを紅白珠豆腐と名付けた。光を当てれば、思わず息を呑むほどの美しさだった。

精進で、とは言われていない。そこで、生《しょう》のあるものも食材に使った。

魚のすり身は蒲鉾《かまぼこ》にした。手毬風にきれいに仕上げたものは、澄まし汁の具に使った。三つ葉を添えると、手毬の柄がさらに引き立つ。

春の野に見立てた蒲鉾もつくった。白、黄色、白の三層はわざと崩していびつになるようにした。これを切れば、菜の花が咲き誇る野に陽炎《かげろう》が立っているように見える。

最後に判じ物のように菜の花の胡麻和えを添えると、品のいい一皿になる。

鶉玉子《うずらたまご》もつくった。鶉の玉子ではない。鶉の肉をよくたたき、粘り気が出るまで擦って溶き玉子を加え、酒と醤油で味付けをする。これを蒸せば、見た目はかすていらみたいな深い味の一皿になる。

向こうへ行っている太吉は、おっつけまたこの世に生まれ変わってくるかもしれない。あちらの事情はよく分からないが、今度は無事に最後まで飛べるようにという願いをこめて、鳥の料理も加えたのだった。

座敷の端のほうには、梅次とそのいいなずけのおかよが座っている。若い二人には、のちにささやかな固めの膳を出すことにしていた。

寄せ物づくしの料理は、なかなかに好評だった。白だけは花嫁の色だから、なるたけ使わないようにしている。そのほかは存分に用いて、場を華やかにしようという心遣いだった。

「うめえ」

「味も深えな」

「火消は一番組のよ組、料理の一番はのどか屋さんよ」

上機嫌の声が飛ぶ。

世辞かどうかは、顔を見れば分かる。趣向のみならず、味も気に入っていただけたようだ。時吉はほっとする思いだった。

「おめでとうさんで」

「梯子持ちをやらせてもらってます」

火消たちがおみつとその母にあいさつをする。

纏を握ったまま職に殉じた太吉は、もはや神のようなものだ。たとえ今夜限りでも、妻となるおみつを敬う心持ちは自然に伝わってきた。

おみつの母は、年寄りの世話をする養生所につとめている。わが手で世話のできない年寄りを代わりに引き受けるという目新しいあきないで、なにかと体を使うから大儀だが、いつも笑顔を絶やさぬようにしていた。

先頃から、おみつも同じところで働きだした。年寄りにとってみれば、おみつは孫のようなものだ。話し相手もつとめながら世話をしていると、太吉を亡くした悲しみも少しは癒された。

火消たちは酒を呑む。おちよは徳利などを運ぶのに忙しく立ち働いた。

よ組の火消たちは、一連の火事の話をしていた。

「霊岸島の火事は、うわさがまことになったからなあ」

「おいら、今度は神田川の北から火が出るっていう話を聞いたぜ」

「ほんとかい。そいつぁ大変だ」

時吉は思わずおちよの顔を見た。

言っちゃだめですよ、と若女房の顔にかいてあった。

むろん、言うつもりはなかった。出るはずのない火であっても、警戒してくれるのならそれにこしたことはない。

「それにしても、えれえ騒ぎになっちまったな」

「騒ぎどころか、死人や怪我人もたくさん出た」

霊岸島の火事の折の大喧嘩には、よ組もいやおうなく巻きこまれてしまった。一番組の全部が喧嘩に出ているのだから当然だ。幸い、死者までは出なかったが、手足を折って今日のこの席に顔を見せられなかった者は一人や二人ではない。

江戸の町火消はいろは四十八組、と言っても「ん組」は妙だから「本組」となっている。また、「へ」「ひ」「ら」は意気が揚がらないから、「百」「千」「万」に当てられていた。

これを十組に分けてあるのだが、四番の「し」は江戸風に訛れば「ひ」になってしまう。七番も「しち」は死地に通じ、またしても「し」が「ひ」に変わる。験《げん》が悪いので、この二組は五番と六番に振り分けられていた。

そのなかでも、いの一番の一番組。わけても最も大きな誉れの組が、よ組だった。

「まあ、しかし、よ組は太吉兄さんの働きで、ずいぶんと褒めものになったからな」

「あれがなきゃ、霊岸島の件でちいとばかり風当たりが強かったかもしれねえ」

「夜通し喧嘩してるあいだに、火が消えちまったんだからなあ」

「おめえら、何やってんだと言われても仕方がねえ」

「ま、あのときは勢いだったんだがよ」

「とにかく、その前の太吉兄さんの働きが帳消しにしてくれた」

「火の中に立つ纏持ちは、かわら版にもなったから」

「てえしたもんだよ」

「まったくだ」

　おみつの耳にも届くくらいの声で、火消たちは太吉を誉めそやした。

　かわら版はよ組の者が買って、おみつのもとへ届けた。

　あたりいちめん紅蓮《ぐれん》の炎が渦巻いているなか、いままさに崩れていく屋根の上に仁王立ちになって纏を振る太吉の姿は、ほれぼれするほど勇ましく、また美しく描かれていた。それを見たおみつは、しばし言葉をなくして見とれていたものだ。

　その誇りの纏が見守るなか、宴は滞りなく進んだ。

　時吉は厨で包丁を動かしていた。初めはよ組の寄せ物づくしだったが、寒天や葛粉で寄せ固めた料理ばかりではさすがに飽きがくる。そもそも、火消は健啖者が多いから、初めに並べたものはすぐなくなってしまう。

　そこで、頃合いを見てご飯物を出すことにした。

　ここでは縁起物の鯛を用いた。ただし、ありきたりな鯛飯ではなく、ひとひねりしてみた。

　鯛の刺身に塩を振り、水気が出てから酢でさっと洗う。もう一つ、沢庵を薄く切って、鯛の身と一緒に飯の上に並べれば、鯛の香物鮨のできあがりだ。

鯛と沢庵、香りも嚙み味も違うが、いやに合う。小口に切った葱をあしらえば彩りもいい。

「こりゃいくらでも入《へえ》るぜ」

「お代わりくんな」

「うめえ、うめえ」

火消衆の評判は上々だった。

手から手へ、徳利が回る。猪口の酒が呑み干される。

「おめえ、顔に火が入ってるぜ」

「それが火消のつらかよ」

「猿と変わんねえぞ」

などとからかわれている若い衆がいる。

ほどなく火の粉はおちよのほうにも飛んできた。

「いいねえ、真新しい女房は、色気があって」

「女房と畳は新しいほうがいいって言うからな。のどか屋さんも果報者だ」

「女房が悪ければ身上《しんしょう》も悪くなる、とも言うな。のどか屋はその逆よ。繁盛、繁盛」

からかい半分に、みな口々におだててみせる。

「ありがたく存じます。今後ともごひいきに」

おちよはおかみの顔で、如才なく相手をしていた。

酒を注ぐたびに、夫婦髷《めおとまげ》に挿《さ》した黄柳《つげ》の簪《かんざし》が傾く。そのさまが、いかにも小料理屋のおかみらしかった。

外で夜鳥が鳴きだした。かしらの竹一はやおら猪口を置くと、ぽんぽんと手を拍《う》って静まるようにうながした。

「さて、宴もたけなわではございますが、ここで一つ、大事なお披露目をと」

「よっ」

「待ってました」

すっかりできあがった火消たちから声が飛ぶ。

かしらは咳払いをしてから続けた。

「太吉はちぃとばかし遠いところへ旅に出てしまいましたが、その弟の梅次に縁あって、兄の喪が明けたあと、隣に座っておりますおかよさんと祝言を挙げることに相成《あいな》りました」

割り鹿子《かのこ》の頭がひょこんと揺れて礼をする。まだ娘々した顔立ちで、しぐさの一つ一つがかわゆらしい。

「ついては、簡単ではございますが、のどか屋さんに固めの膳をあつらえていただきました」

時吉とおちよが互いに目で合図をし、白木の三方《さんぽう》を二人の前に運んだ。

婚礼の膳は型破りだったが、こちらは常法に則り、塩鯛や鯣《するめ》や昆布などの縁起物が正しく載せられている。ちなみに、二人の結納も兼ねているので、申《さる》の日と寅《とら》の日は忌み、暦は「たひら」を選んであった。

竹一が双方に酒を注ぎ、おかよも口をつけたところで、めでたく結納の儀が終わった。若い二人がおみつに向かって礼をすると、婿のいない花嫁も、底意のかけらもない笑みを返した。

いよいよ大詰めが近づいてきた。

「かしら、そろそろ」

若い衆が耳打ちをする。

「ああ、うかうかしてると酔い潰れちまうからな」

「かしらの美声を聴かないと、式に出た気がしませんや」

「なら、太吉のところまで届くくらいに唄わないとな」

「へい」

こうして膳立てが整い、披露されたのは、竹一による甚句だった。

亡き太吉の功績を讃え、この好き日に贈る甚句の文句は、寝る間も惜しんでずっと考えてきた。

その晴れ舞台が来た。

「勇みぞろいの　よ組の中で……」

ふだんより高い、張りのある声で唄いだす。

ほい、と一つ合いの手が入る。

「ひときわ目立つ　纏持ち……」

ここは、「やー、ほい」と合いの手がそろう。

「その名も太吉　見目よき男……」

よく透る声だ。

これなら闇をわたって、あの世まで響いていきそうだ。

「纏振らせりゃ　江戸一よ……」

長く尾を曳《ひ》く。

甚句は七・七・七・五。最後の足りない分は、音を存分に延ばして補う。ときには

そのときまではしばしの別れ（ほい）
おさらばさらば　皆々様よ（やー、ほい）
門出ぞ呑まん　この酒を
ぐっと呑み干せ　この酒を（ほい、ほい）

かしらが一礼して甚句が終わった。

唄の文句のとおりに、そこここで猪口の酒が干された。

拍手が沸く。

「ほんに、しばしの別れよ」

「しばしの、な」

「門出だと思やいいんだ。うまいこと言うぜ、かしらは」

「今日の甚句は一段と気が入ってた」

「太吉兄さんも聞いたさ」

「極楽で涙を流してら」

そう言ってうなずき合い、残った料理に箸を伸ばす。

寄せものづくしでいささか危惧はあったが、皿はあらかたきれいになった。彩りは、太吉の前の膳にだけ残っていた。

「では、そろそろ締めということで……」

甚句で少しじゃがれた声で言うと、竹一はおみつを見た。

「おい、おみつ姉さんがあいさつするぞ。静かにしな」

「へい」

火消衆が崩していた足を戻す。

のどか屋の座敷が、一瞬、しんと静まった。

「本日は……」

そう切り出したところで、おみつは言葉に詰まった。

手を伸ばせば、そこに太吉の席がある。

だが、いとしい人はいない。

息遣いも、声も聞こえない。

座布団の上に置かれているのは、物言わぬお守りだけだ。

祝言を挙げても、あの人はいない。

「かしら、これはちと……」

若い衆が小声で言った。

酷すぎやしませんか、という意味はすぐ伝わった。

竹一は腕組みを解き、助け舟を出そうとした。

そのとき、気配を察して、おみつがまた語りだした。

「わたしと……太吉さんの、祝言のためにお集まりいただき、ほんにありがたく存じました」

芯のある声だった。

おちよがうなずく。

時吉も厨で背筋を伸ばして聞いていた。だれも言葉をはさまない。のどか屋の座敷は、少し前までの喧噪が嘘のように静かになった。

「わたしの、わがままを聞いていただきました。こうして、太吉さんと形だけでも祝言を挙げさせていただき、とてもうれしく思っています」

おみつは笑おうとした。

しかし、笑えなかった。太吉の不在が心にしみて、どうしてもここで笑顔をつくることができなかった。

「のどか屋さんに、心づくしのお料理をつくっていただきました。胸がいっぱいでしたが、太吉さんの分もと思って、おいしく頂戴しました」

時吉とおちよがうなずく。

おちよは何度も目をしばたたかせた。場が湿っぽくならないように、あふれ出そうとするものを懸命にこらえていた。

「わたしが太吉さんの女房になるのは、今夜が初めでおしまいです。女房らしいことを何一つしてあげられず、とても悔しい……でも、たった一つ、このお守りだけはつくってあげられました」

おみつは座布団に手を伸ばし、火除けのお守りを取り上げた。

胸に押しいだき、続ける。

「太吉さんは、このお守りを、最後まで離さずに持っていてくれました。それだけで本望です。わたしは、果報です。……そう思うようにしました」

わが身なら、と思ったのか、おかよが洟《はな》をすすった。

梅次が耳元で何かささやく。おかよは大きく一つうなずき、またおみつのほうをじっと見た。

「明日からは……そう、明日からは、涙をふいて、生きていきます。たとえ一日だけでも、わたしは、太吉さんに添ったんですもの。あの勇敢な火消の女房がこれか、とうしろ指をさされないように、前を向いて、笑顔で生きていきます」

拍手が沸いた。

だれかが率先して手をたたいたわけではなかった。ごく自然に、波のように沸きあがってきた拍手だった。

「でも……」

おみつの声音《こわね》が、そこで変わった。

さざ波のようなものが花嫁の顔に走ったかと思うと、目尻からほおへ、つ、とひとすじの涙が伝った。

「今夜だけは、どうか泣かせてくださいまし。このお守りを胸に抱いて、わたしは眠ります。形見のお守りが涙で濡れても……どうか、許してね、太吉さん。恨みごとを言うかもしれない。どうしてわたしを置いて死んだりしたのって、誉れの職に殉じたあなたを責めるかもしれない。どうか、許して。今夜は……今夜だけは、泣かせてくださいまし」

おちよが時吉のほうへ歩み寄った。

必死に嗚咽《おえつ》をこらえている。その肩を、時吉は優しくぽんぽんとたたいてやった。

かしらが口を開いた。

「纏も、持っていきな」

竹一は言った。

「纏も？」

「ああ。太吉が振ってたやつは焼けちまったが、その纏をあいつだと思いな。そして、心ゆくまで泣けばいい」

目尻にたくさんしわをつくって、火消のかしらは情のこもった目でおみつを見た。

「ありがたく存じます」

おみつは深々と礼をしてから続けた。

「それなら、ひと晩だけお借りします。今夜、全部泣きます。一生分の涙を絞り出して、纏とお守りが太吉さんだと思って……泣きます。そして、泣きつかれて眠って、朝、目を覚ましたら、元気な声で、『おはようございます』ってあいさつするの。それから、お礼を言います。太吉さん、あなたに会えてよかった、って、笑顔で言います。思い出をありがとう、って言って、それからは、涙を忘れて生きていきます。

……本日は、まことに、ありがたく存じました」

おみつの気丈なあいさつが終わった。

のどか屋の座敷は拍手に包まれた。

時吉もおちよも加わった。

あたたかい涙を流しながら、手が痛くなるまで拍《う》ちつづけた。

第八章　手毬寿司――再会

一

当初はそこだけ浮いているように見えた真新しい檜の一枚板も、毎日拭いているうちに見世になじんできた。

客のなじみも増えた。ありがたいことに、日に一度必ずのれんをくぐってくれる客もいた。知り合いのいない町での心細い船出だったが、帆は風をはらんで順調に前へ進みはじめていた。

そんな夕まぐれ、一枚板の席に総髪の医者が座った。青葉清斎だ。のどか屋が岩本町に移ってからは初めてになる。往診の帰りに足を延ばしてくれたらしい。

ほどなく季川もふらりと姿を現したから、今日だけは前の見世と変わらぬ一枚板の景色になった。

「ちょいと辰蔵さんの墓参りに行ってきましてね」

隠居が言う。

「安房屋さんは息子さんがよく頑張っているようですよ。あれなら大丈夫です。多少の時はかかっても、元の身代になりましょう」

医者はそう言って、若布《わかめ》の酢の物を口に運んだ。

酢は三杯酢だ。

酢（酸味）に砂糖（甘味）と醬油（鹹味《かんみ》）を加えると、味はもとより体にも良くなる。春の旬の食材をこれで和えれば、「肝」を補うばかりか、「脾《ひ》」や「胃」や「腎」も守ってくれる。そのあたりの薫陶《くんとう》は、薬膳に詳しい清斎から、時吉はかねてより十分に受けてきた。

「ひと安心、ではあるね。今日、辰蔵さんともそんな話をしてきたんだ。お墓に酒をかけながらね」

季川はしみじみと言って、たらの芽の天麩羅に箸を伸ばした。このほろ苦い一品も、春には欠かせない味覚だ。

盛ってあるのは江戸萬古《ばんこ》の色絵皿だった。赤絵を写した皿には、青みのあるものが合う。ほかにも備前《びぜん》の角皿など、おちよが市で掘り出してきたものが続々と加わっていた。

「そうそう、おちよさん……じゃなくて、おかみさん」

「わざわざ言い直さなくたって、先生」

「いやいや、二重の意味でおかみさんだからね」

「まあ」

「で、あのときのおたえさんがよろしく、と」

「あのとき……あっ、柳原の土手でお産をした」

「そのおたえさんです。妻が産後の往診をしたところ、肥立ちはまずまずで、元気に暮らしているそうです」

「それはようございました」

おちよの顔がぱっと明るくなった。

「のどか屋さんがやり直しているという話をしたところ、ごあいさつにうかがいたいのはやまやまながら、まだ赤子が小さく、わが身も遠出は大儀なので、と」

「そんなご無理をなさらず、お気持ちだけで、とお伝えくださいましな」

「はい。いずれひと息ついたら、ぜひ一家でのどか屋さんにと。くれぐれもよしなに、という伝え言《ごと》でした」

「お待ちしております」

おちよが頭を下げると、花の簪も一緒に揺れた。

「火事のさなかに生まれた赤子なんだねえ。時さんが助けた『辰蔵』と兄弟みたいなもんだ」

と、隠居。

「その子も男の子ですからね」

「名前は何と？」

「泰平《たいへい》という名にしたそうです。左官の子にしちゃ大きな名前だという声もあるようですが、もう大火も災いもない泰平な世の中であってほしいという願いをこめてつけたそうですよ」

「泰平……いい名だ。なあ、時さん」

隠居は時吉に同意を求めた。

「天下泰平がいちばんです。焼け出されてみて、普通の暮らしのありがたみがよく分かりました」

「そうだね。普通が一番だ」

「はい、お待ち」

時吉は新たな皿を差し出した。

小鯛の焼き物だ。

まずは三枚におろし、腹骨を取り去ってから小骨をていねいに抜いていく。塩を振って一時《いっとき》ばかり寝かせてから酒でさっと洗う。

こうして下ごしらえを終えた鯛に串を打ち、焦げ目がほどよくつくまで焼く。

これには蕨《わらび》の煮物を添えた。あく抜きの下ごしらえなら、こちらのほうが面倒だ。灰を入れた湯に投じてひと晩、翌日は水にさらして半日ほど、ずいぶんと手間がかかる。さらにだしをよく含ませるのだから、たったこれだけのものを仕上げるのにむやみに時がかかった。

「食べるのはあっと言う間だがね。下ごしらえに手間がかかってるのに、なんだか悪いくらいだよ」

隠居が笑う。

「それぞれの手間をかけて道を歩んできた者たちが、こうして一つの皿の上で寄り添っている。夫婦《めおと》みたいな感じもしますね」

「うまいことをおっしゃる。どちらかが欠けても、もう一つ見栄えがしませんからな」

「あたしは春のきれいな蕨……」

おちよがおどけたしぐさをしたから、一枚板に和気が生まれた。

「夫婦といえば、昨日はうれしい報せ《しら》がありました」

包丁を研ぎながら、時吉が言った。

「ほう、どんな」

清斎が問う。

「前ののどか屋を手伝ってもらっていたおきくちゃんが、同じ長屋の多助という若い衆と一緒にうちへ来たんです。多助は大工で、この一枚板をつくってもらったんですが」

板を指で示すと、時吉はおちよに目配せをした。前振りはここまでで、あとは頼むという合図だ。

「で、そのおきくちゃんと多助さん、ひと息ついたら所帯を持つんですって。ちっとも知らなくて」

「道理で、おきくちゃんに手伝ってくれと言えないところがちょっとつらいと言ったのに、妙に明るい顔をしていたわけです。おやじさんも『うまく風が吹いてきた』なんて妙なことを言ってた」

「それはおめでたい話じゃないですか。のどか屋の手伝いをすると良縁に恵まれるというわさが広まったりして」

清斎がそう言ったのはほかでもない。おきくの前のおつうという娘も、縁あっていまは総菜屋の女房になっている。

「そうですねえ。ま、ここは二階がないので、お昼の書き入れ時だけばたばた動けば、夫婦だけでなんとかなるんですが」

と、おちよ。

「たまにお客さんが手伝ってくれたりします」

「ありがたいもんだね」

「ええ」

「で、祝言の仕出しもおやりになるんですか？」

医者が問う。

「はい。長屋に届けます」

腕のいい大工とのどか屋の元看板娘の祝言だ。今度は縁起物の鯛や海老を、ピンと立てて届けようと時吉は思った。

清斎は忙しい身、暗くならないうちに帰っていった。残った季川は、なおも蕨を肴にひとしきり呑んだ。

「去る者あらば、来《きた》る者あり。こうして江戸の……いや、浮世の暮らしは続いていくんだね」

おちよは座敷の客の注文を聞いている。前は見かけなかった客のほうをちらりと見やって、隠居は言った。

「向こうへ行った人も、思い出になって、まだそのあたりに」

時吉は医者が去ったあとの空席をさりげなく示した。

「そうだね……おっ」

隠居が振り向く。

「どうかされましたか？」

「いま、表のほうからわたしの背中へ、風が吹いてきてね」

「そうですか」

「ひょっとしたら、辰蔵さんが呑みにきたのかもしれないよ」

「そうかもしれません」

のれんの向こうは、だいぶ暗くなってきた。わずかに残った茜や藍を優しく包んで、空は闇に包まれる。

そちらのほうへ、季川は猪口をわずかにかざした。

そして、黙って酒を呑み干した。

二

明くる日の夕方、またなつかしい顔がのどか屋に現れた。

相模屋の代蔵《だいぞう》だ。

元は左官だったのだが、同じ長屋の相模屋が難儀をしているときにひと肌脱ぎ、豆腐屋に身を転じた。聞けば、一家はみな息災に暮らしているらしい。

代蔵は土産にまた味のいい豆腐をくれた。時吉とおちよはありがたく頂戴することにした。申し訳ないから金は払うと言ったのだが、笑ってどうしても受け取らなかった。

「岩本町はちいとばかし遠いもんで、お届けできずに相済みません」

豆腐づくりばかりではない。代蔵はあきんどの顔にもなっていた。

「なんの。ときどきこちらから買いに行くよ」

「その節はよしなに。で、今日はこちらさんをお連れしたんですが」

代蔵は一人ではなかった。うしろに女を連れていた。娘ではない。人の女房であることは、いくらか白いものが交じった丸髷を見ればひと目で分かった。

「やえと申します。夫の橋蔵《はしぞう》は鍛冶町《かじまち》で提灯《ちょうちん》づくりをしております」

かなり堅い調子で、女はあいさつした。

「橋蔵さんとこはうちの上得意でして。相模屋の豆腐じゃないと喉を通らねえ、なんてうれしいことを言っていただいて」

代蔵の表情が、そこでふっと陰った。

「で、今日はちょいと折り入って相談にと」

「うちにですか？」

「はい。腕がよくて、情に厚い料理人さんをだれか紹介してもらえないかという話だったんで、お連れしたんですが……」

と、一枚板の席を見る。

座敷には子連れがいて、おちよが妙な顔をつくってあやしたりしている。おやえには何かわけがありそうだが、わらべがぐずっている隣で話を聞くわけにもいかない。かと言って、一枚板で相席というのも片づかない。土間の長床几は空いているが、あそこでは落ち着かないだろう。

さて、どうしたものかと時吉が腕組みをしたとき、一枚板で菜飯を食っていた二人の職人衆が察して言った。

「おう、おれらは飯だけだ。すぐ出るから座りな」

「外で呑みてえのはやまやまだが、かかあの雷が落ちるんでな」

気のいい職人衆が言う。

「すまねえな、兄さんら」

「恐れ入ります」

「はは、鬼子母神《きしもじん》になっちまったぜ」

恐れ入谷《いりや》の鬼子母神の地口を踏まえて、前の歯がいくらか抜けた職人が笑った。

かくしてひと幕が終わり、一枚板の席が空いた。

代蔵が手で示し、おやえが座る。

「おいらは銚釐《ちろり》で一本。肴はありもので」

と、指を立てる。

「承知しました。そちら、ご飯物はいかがいたしましょうか」

時吉はおやえにたずねた。

おやえは胸が一杯だから何もいらない、茶だけでいいと言う。そういうわけにもいかないから、ちょうど手土産にいただいた豆腐にひと工夫してお出しします、と話がまとまった。

寒《かん》が戻ったわけではないが、日が西に傾くにつれて風が冷たくなってきた。奴《やっこ》で出す風情《ふぜい》ではない。

そこで、ちょうど沸いていた湯にそっとくぐらせてみた。

「いらっしゃいまし」

おちよもわらべの相手をひとまず終えて厨に来た。

酒は任せて、時吉は豆腐を仕上げた。

と言っても、格別に凝ったものではない。ほどよくあたたまった豆腐を器に盛り、江戸味噌を乗せて食す。苦みのある蕗《ふき》の薹《とう》と合わせた味噌と、本来の甘味噌、二つの種類をあしらってみた。

「いい衣を着せてもらって、うちの豆腐も喜んでますよ」

代蔵は相好《そうごう》を崩した。

「和泉町の四方《よも》で仕入れてきたもので」

時吉は味噌の老舗《しにせ》の名を挙げた。

「ほう、道理で」

代蔵はさらに箸を動かしたが、おやえはまだ固まったままだった。

「それで、本日はどういう御用向きでしょうか」

時吉はやわらかい口調でたずねた。

「のどか屋さんも先の火事で焼けてしまって、いまこうしてやり直されていると相模屋さんから聞きました。あれからもうすぐ二月になります。いつまでもめそめそしていないで、気持ちが少しでも和らぐような、そんな月命日の仕出しのお料理をつくっていただくわけにはいかないかと思いまして、こうしてうかがった次第です」

ひと言ひと言をかみしめながら、おやえはいきさつを述べた。

「さようですか。どなたかお身内の方が、先の火事で……」

「はい、娘を亡くしました」

「それは、ご愁傷様でございます」

おちよが頭を下げる。

「いったんは助かったらしいんですがね。ちょいとつらい話で」

代蔵が脇から言った。

「と言いますと？」

時吉が先をうながすと、ややためらってから、おやえは続きを語りだした。

「娘はおくみと申します。上に兄が一人いて、べつの提灯師のもとへ弟子入りしておりますが、年がずいぶん離れているもので、一人っ子のようにかわいがっておりました。人の心や情をよく汲《く》むようにという願いをこめて名づけた子ですが、ほんにそのとおり、情のこまやかな子に育ってくれました。親のない子猫などが道端に捨てられていると、かわいそうだと思って、つい拾ってくるような子でした。夫の橋蔵《はしぞう》も猫は嫌いではないのですが、なにぶん提灯づくりの仕事場がありますゆ。悪さをされると困るので、中では飼わないようにしておりました。でも、おくみがどうあっても一匹飼いたいというもので、うちの人もとうとう折れて、一匹だけという約束で拾ってきた猫を飼うようになったんです」

のどかのことを思い出したのかどうか、おちよがあいまいな顔つきになった。

茶をゆっくりと啜ると、おやえはやおら話の勘どころに入った。

「おくみは毬遊びが好きで、よく長屋の裏や近くの空き地で遊んでおりました。親の欲目かもしれませんが、かわゆい娘でしたので、長屋や町のみなさんによくかわいがっていただきました。そんなわけで、猫にも『まり』と名をつけまして、布団の中にも入れて、なにかにつけて『まり、まり』と呼んで、それはもう大層なかわいがりようでした。で、あの日……忘れもしません、けたたましく半鐘が鳴って、着の身着のままあわてて逃げました。ずいぶんと回りの早い火でした。それで……どうにか外へ逃げられた、と思ったとき、あの子が言ったんです。『あっ、まりがいない』と。火の中から、かすかに猫の声が聞こえました。『まり、まり！』と声をあげながら、いったん逃げたあの子は、火のほうへいっさんに走っていきました。『よせ』と言って、橋蔵が止めようとしました。でも、うちの人の手を振り切って、あの子は……おくみは、燃え盛る火の中へ飛びこんでいってしまったんです」

時吉もおちよも、どうにかうなずいただけだった。かけるべき言葉が見当たらなかったからだ。

代蔵が手酌の酒をあおった。

気っ風《ぷ》のいい若者だが、いまはなんとも言えない顔つきをしている。

あふれるものをどうにかこらえて、おやえは話を続けた。

「かわいがっていた猫を助けようとして、娘は火の海へ飛びこんでいきました。うちの人もわたしも、なんとか助けようとしたんです。でも……その目の前へ、どっと焼け崩れた屋根が落ちてきました。もうどうすることもできませんでした。そのうち、同じ長屋の若い衆が助けにきてくだすったので、わたしと橋蔵はちょっと火傷をしただけで助かりました。ですが、猫を助けに行ったおくみは、かわいそうに……それきり姿を見せず、焼け跡からすっかり変わり果てた姿で……」

あとは嗚咽《おえつ》になってしまった。

座敷の客がすまなそうにおちよを呼び、酒の代わりを頼んだ。

おちよは目元を袖で払い、無理に笑顔をつくろうとした。

しかし、笑いにはならなかった。かわいがっていた猫を助けに戻った優しい娘をどうして助けてくれないのかと、神や仏を恨みたい気分だった。

「何度聞いても、つらい話だな」

独りごちるように言って、代蔵は一枚板の上に猪口を置いた。

表で売り声がする。

おでんや、おでん……

甘いと辛い……

何がなしに物悲しい声をあげているのは、おでん燗酒売りだ。多少なりとも夜風が身にしみるうちはあきないを続けているが、もうそろそろ消える時分だった。夏になれば、声の主はまたべつの商売に身をやつすのだろう。

「その後、橋蔵さんは……」

かろうじてそう言って、時吉は場をつないだ。

「はい……」

涙をぬぐい、大きく息をついてから、おやえは続けた。

「うちの人はお得意さんに恵まれておりまして、新しい仕事場もすぐ案配していただきました。ですが、まったく仕事に身が入りません。箱提灯なら橋蔵にと、それまではずいぶんと名指しでお仕事をいただいていたのですが、竹を手に持ったままぼんやりしていることが多くなってしまいました。そのうち、紋どころを間違えて入れたり、納めに間に合わなかったり、いろいろとしくじりをやらかすようになってしまいました。それでも、上得意のみなさんは、『あんなつらいことがあったんだから』と大目に見てくださいました。そういったお情けにすがって、どうにかこの二月《ふたつき》を過ごしてきたんです」

「無理もねえさ。わが身に置き換えて考えてみりゃわかるよ」

代蔵がまた酒を注ぐ。

「わたしもそうですが、夜はなかなか寝つけなくなってしまいました。どうしてもあ

おやえは茶を啜り、少し喉の調子をととのえてから言った。

「今度こそ、ちゃんとした月命日を過ごしたいと思います。あの子のお墓にお供えをして、うちの人と二人で見送ってあげます。あの子は、猫と一緒に、浄土で暮らしています。毬をついて遊んでいます。もう何も思いわずらうことはありません。塵臭《ちりくさ》い江戸の町で暮らしていたら、いろいろと難儀をしたかもしれません。悪い男にだまされたかもしれない。でも、そういった浮世の泥みたいなものとはまったく無縁のまま、あの子はきれいな体であの世へ行ったんです。神様に嫁いでいったんです。だから、これでよかったんだ、泣いちゃいけない、ちゃんと遊び相手だっている。あの子がついてる毬に、猫のまりがじゃれついてる。そう思うようにしました」

代蔵が席を立ち、見世の裏の後架《こうが》へ行った。たぶん、泣きに行ったのだろう。

「毬遊びをしているとき、あの子は本当に楽しそうでした。天から降ってきたみたいでした。神様から授かって、ちょっと短かったけれど、楽しい思い出を残してくれたあの子が、浄土へ連れ戻されて、かわいがっていた猫と一緒に楽しく暮らしてる。おくみちゃん、元気でね。年に一度だけ、お盆に帰っておいで。あとは向こうで、毬をつきながら、笑って暮らしなさい。おっかさんもおとっつぁんも、もう泣かないから。笑って、元気に暮らすようにするから。……そんな心持ちになるような仕出しのお料理を、のどか屋さんにつくっていただけたらと、そう思いまして、代蔵さんに無理を言って……」

ややあって、豆腐屋が戻ってきた。

話の筋道は読めていたのか、それとも裏で聞いていたのか、代蔵はすぐさま言った。

「おやえさんのご注文、受けてくださいますか、のどか屋さん」

時吉はおちよを見た。

うなずく。

うるんだ目に勁《つよ》い光が宿っていた。

「承知いたしました。やらせていただきます」

きっぱりとした口調で、時吉は答えた。

「ありがたく存じます」

おやえは両手を合わせた。

「そう来なくちゃ」

と、代蔵。

「そんな大事な仕出しのご注文をいただいて、料理人冥利《みょうり》に尽きます。ちよともよく相談して、精一杯のものをつくらせていただきます」

きりりと締まった表情になった時吉は、いくぶん声音を和らげ、こう言い添えた。

「心をこめて」

三

その後、時吉とおちよは折にふれて話し合った。月命日の仕出し料理を何にするか、どんな料理がいちばんふさわしいか、これはなかなかの難題だった。

おくみの霊を弔うことはもとより、生き残ったおやえと橋蔵の気持ちがひと区切りつくような料理にもしなければならない。また新たな涙を誘ったりしたら、気持ちが前へ向かない。

「彩りが鮮やかなほうがいいわね」

おちよが言った。

「そうだな。お墓にお供えするのだから、くすんだ色だと映えないし」

「もちろん、食べておいしくて、元気が出るようなお料理」

「なにより、亡くなったおくみちゃんの供養になるような料理にしないとね」

「おまえさん、何かもう思いついてるみたいだけど」

時吉は笑って答えなかった。

おちよの言うことは図星だったからだ。

そして、準備が整った。

休みの日を少しずらし、その日はのれんを出さなかった。時吉とおちよは朝から仕出しの準備をした。

むろん、仕込みは前の日から行っている。心をこめた仕出しの料理は、昼までにはできあがった。

「さて、行くか」

「お届けしたら、帰りは出世不動にでも」

「そうだな。久々にお参りしよう」

「そういえば、夫婦になった報せもまだだったし」

「商売の繁盛もお願いしないとね」

「あい」

二人は見世を出て、鍛冶町のほうへ向かった。そこに橋蔵の新たな仕事場がある。

時吉は倹飩箱《けんどんばこ》を提げていた。二段になっていて、存外に奥行きがある。天秤棒もあるが、今日くらいの仕出しならこれで十分間に合った。

中に入れたのは、折詰が二つ。片方はおくみの墓に供え、片方は娘を亡くした両親が食す。ために、片方は小ぶりで、片方は大きい。

「そういえば、これで猫を運んだことがあったわね」

おちよが言った。

「ああ、いつのまにか中にのどかが入っていて」

時吉も思い出した。

下の段だけで足りる仕出しだったのだが、いやに重い。それもそのはず、上の段の奥のほうでのどかが気持ちよさそうに寝ていたのだ。

「猫は暗くて狭いところが好きだから」

「なら、浄土はうってつけかもしれないな」

「浄土って、暗くて狭い？　もっと広くて明るいような気がするけど」

「さあ……まだ行ったことがないからなあ」

そんな話をしているうちに、鍛冶町に着いた。

立ち話をしていた女房衆に場所を訊《き》くと、手を引かんばかりにていねいに教えてくれた。近所の人たちも、小さい娘を亡くしてから仕事に身が入らない提灯師のことはずいぶんと気にかけているらしい。

路地に入り、しばらく進むとおやえに会った。仕事場の先でずっと待っていてくれたようだ。

「ご苦労様でございました。ありがたく存じます」

深々と礼をする。

「遅くなりました」

「さ、こちらへ」

案内された仕事場では、半纏を身にまとった職人が正座で出迎えた。

「提灯づくりの修業をしております、橋蔵と申します。本日は、ようこそのお運びで」

堅苦しい調子であいさつをする。

「のどか屋でございます。精一杯のものをつくらせていただきました。お口に合いますかどうか」

「娘も……喜びます」

そこで声音が変わった。

指に誇りの胼胝《たこ》がある。壁ぎわには、作りかけの提灯がいくつか並んでいた。

「では、さっそく」

「仕出しのお料理を」

時吉が倹飩箱の上段、おちよが下段の料理を出した。

竹の香りがほのかに漂う仕事場に、大小二つの折詰が並んだ。

ただし、まだ風呂敷で包んであった。のどか屋ののれんと同じ濃い藍色で、「の」と染め抜かれている。

「こちらで開けてようございますか？」

「はい、そこで」

脇で見ていたおやえが座敷を指さした。

二つの包みが座敷の端に置かれた。

茶をふるまう用意も見えたが、料理人はこのまま下がるのが骨法だ。時吉は「では」とひと声発して、中腰のまま風呂敷を解いた。

「紐もお解きしてよろしいでしょうか」

「お願いいたします」

おやえが言って、しぐさで断ってから座敷に上がり、橋蔵の近くに座った。

時吉とおちよは目配せをすると、息を合わせて紐を解いた。慶事ではないから、白だけの紐だ。

そして、折詰の薄い蓋を外した。

思わずため息をもらし、提灯師が身を乗り出した。

「ほう」

「これは……」

おやえも目を丸くする。

色鮮やかな折詰だった。しかも、中身の形が美しい。

「手毬寿司と手綱寿司をつくらせていただきました」

時吉は折詰を手で示した。

円い形をしているのは、手毬をかたどった寿司だった。

火事で亡くなった娘は、ことのほか毬遊びを好んでいた。となれば、そのお供え物には、やはり手毬がいいだろう。見た目が鮮やかで楽しく、食べてもおいしい手毬だ。

黄色い手毬がある。これは玉子の黄身をあしらった。白い寿司飯とだんだらになるように按配して、指先を器用に動かしてつくってみた。

赤い手毬もある。こちらは鮪《まぐろ》の赤身を用いた。

鮪は下魚《げぎょ》だから、使おうとしない料理人も多い。師匠の長吉もそうだ。ひと昔前までは、表店《おもてだな》に住む者は鮪なんぞを食うのは名折れだと言って見向きもしなかったくらいだから当然だ。

だが、時吉は気にしなかった。虚心に口中に投じてみれば、脂の乗った鮪はうまい。寿司飯にも合う。昨今、はやってきた握り寿司の具にして、醬油《したじ》を、と付《ちゅ》けて食せば、驚くほど深い味になる。

ほかにも、青海苔をふりかけた青い手毬や、小鯛の笹漬けを使った淡い紅と銀の縞《しま》が入った贅沢な手毬などがあった。

それらが折詰の中で互いに妍《けん》を競っていた。思わずため息がもれるのも無理はない。

「ありがてえ……娘も喜びまさ」

橋蔵が目をしばたたかせた。

「手綱もつくらせていただきました」

と、時吉。

「向こうから戻ってくるときに迷わないように。そして、かわいがっていた猫ちゃんがもうどこへも行かないように。今度は離れないようにという願いをこめて」

おちよが謎を解くと、おやえは何度もうなずいた。

手毬寿司と同じく、色とりどりの手綱がかたどられていた。

海老の赤、薄焼き玉子の黄、胡瓜の緑、そして、細魚《さより》の銀……。

それらの具を、斜めに少し重ねて置く。その上に棒のかたちにした寿司飯を乗せ、巻き簀《す》でぎゅっと巻く。

手綱が崩れてしまわないように、両手で強く締めるのが勘どころだが、時吉の力なら造作はなかった。あとは具がなじむまで待ち、食べやすい長さに一気に切る。

手綱ができた。毬もある。

その二つが、それぞれの折詰の中で美しく寄り添っている。

「食べるのがもったいねえや」

やっとひざを崩して、橋蔵が言った。

「ほんに、きれいにつくっていただいて……あの子の毬よりずっときれいで」

「さっそく、墓へ届けてやりまさ。もう一つの折詰は、晩に酒を呑みながらでも」

「ぜひ召し上がってくださいまし。毬はたましいの形をしています。手毬寿司を食べれば、浄土へ行ってしまった娘さんのたましいも、きっといくらかは身の中に宿るでしょう。それがこの先の行く手を照らす、提灯の灯りにもなりましょう」

仕出し料理をつくりながら考えてきたことを、時吉は伝えた。

「粋なことを言ってくれるじゃねえか、のどか屋さん」

職人の腕が動く。さっと目元を払う。

「気落ちしてしばらくぼんやりしてたんだが、このままじゃいけねえとやっと思うようになった。こいつを食わせていかなきゃならねえし、よそへ修業にやったせがれもいる。せがれが戻ってきたとき、なんでえおやじの仕事はなどと馬鹿にされないように、しっかりしなきゃいけねえ」

わが身に言い聞かせるように、橋蔵は言った。

「それで、いただいた仕事もやらなきゃいけねえんだが、手初めにこんなものをつくってみたんだ」

提灯師は立ち上がり、壁のほうへ歩み寄った。

そこにもうできている小ぶりの箱提灯があった。上下を合わせると、寸の詰まった枠だけになる。手に持って開けば、提灯に早変わりだ。日が落ちるまでは、ふところにでも入れられる品だった。

「見てくんな」

橋蔵はそう言って、ぱっと提灯を開いた。

まだ若い墨の字は、こう読み取ることができた。

くみ
死んだ娘の名が記されていた。

「こいつに火を入れて、送ってやろうと思ってね」

「たった一つだけ、あの子のためにつくった提灯です」

おやえがうるんだ目で見る。

「見えるでしょう、小さい灯が。向こうからでも」

時吉はかみしめるように言った。

「灯りがあれば、手毬もできますね」

おちよが笑う。

「もうしかったりはしないから、たんと遊びなさいと言ってやりますよ」

「手毬でしかったりしたんですか？」

「毬遊びはいいんですけど、どうかと思う手毬唄をどこぞかで憶えてきて唄うもんですから」

おやえはそう言って、「本町二丁目の糸屋の娘」のさわりだけ唄ってみせた。これに限らず、わらべは知らずに唄っているが、手毬唄にはきわどい文句が多い。

それやこれやで、話しているうちにいつしか和気が生まれた。

「墓参りに行く前に、腹が減ってきたな」

橋蔵がぽんと腹をたたいた。

「それなら、夜にと言わず、いくらかつまんでくださいまし」

「お魚は足が早いので、そちらだけでも」

時吉とおちよがすすめる。

「おめえは？」

橋蔵がおやえを見た。

「なら、ちょっといただきます。うちなら醬油もあるし」

そんなわけで、提灯師の夫婦は大きいほうの折詰に手をつけることになった。

「うめえ」

小鯛の手毬寿司をほお張った橋蔵が、感に堪えたように言った。

「ほんと、おいしい」

控えめに下魚の鮪を選んだおやえは、食べてみてびっくりしたような顔つきになった。

「握り寿司ってのは、そんなにうめえとは思わなかったんだが、こいつぁほんとにうめえや」

橋蔵は海老もつまんだ。

「玉子も、甘い」

と、おやえ。

世辞ではないことは、様子ですぐ分かった。

「いけねえ。こんなんじゃ、ここで全部食っちまう」

職人が笑う。

「一緒に食べましょう、あの子のお墓の前で」

「そうだな。そのうち、みなでうめえものを食いに行こうって言ってるうちに火が出ちまってよう……」

「久しぶりに、水入らずだよ」

「ああ」

何度か瞬きをすると、橋蔵は指を半纏でぬぐい、また正座をした。

時吉に向かって言う。

「こんないいものをつくっていただいて、お代だけじゃ申し訳がねえ。のどか屋さん、箱提灯をつくって差し上げましょう」

「いや、それは、ほかに仕事もたんとありましょうに」

「なに、気持ちだから。やらせてくださいまし」

おちよが目配せをした。

あまり固辞するとかえって悪いから、受けておきなさいな、おまえさん。

そう顔にかいてあった。

「では、お言葉に甘えて」

「承知しました。字でも紋どころでも、なんでも入れさせてもらいますが」

時吉は少考してから答えた。

「それなら、のどか屋の『の』だけでお願いします」

おちよにも異存はないようだった。

ただ、一つだけ注文をつけた。

「その灯りがついてる『の』を見たら、気持ちがほっこりと和らぐような字でお願いします」

おちよが言うと、提灯師の夫婦は同時に表情を崩した。

四

仕出しを届け終えた時吉とおちよは、ちょいと足を延ばして出世不動に向かった。

倹飩箱は軽くなった。時吉が右手に提げて歩く。

「また番付に載るようにお願いしましょうか、出世不動だから」

行く手に小ぶりの鳥居が見えてきたところで、おちよが言った。

「いや、番付になんて載らなくたっていいさ。のどか屋を本当に好いてくださっているお客さんに通ってもらえれば、それでいい」

「そうね……出世なんかしなくたっていいね」

おちよはすぐそう言った。

「普通の暮らしができれば、それが一番だ。今度の大火で、つくづくそう思った」

「でも、いまの提灯屋さんもそうだけど、みんな底から抜けて歩きだしてる」

「ああ、ほうぼうで普請の音が聞こえるからな」

鋸《のこぎり》を引く音、釘を打つ音。

ひとたび焼けた江戸の町を歩けば、家を建て直す音がそこここで響く。

しばらく経って、同じ道を通ってみれば分かる。ひと頃は焼けた瓦礫《がれき》が散乱していたが、いつのまにか片付けられた。江戸の町は、そして人は、こうして生まれ変わっていく。

「とにかく、前を向いていきましょう」

おちよが元気よく言った。

「ああ、前を向いて」

時吉は行く手の空を見た。

出がけは雲が多かったが、すっかり晴れて日差しが降り注いでいる。もうすぐ灌仏会、日増しに色が濃くなる四月の悦《よろこ》びの光だ。

二人は鳥居をくぐり、出世不動にお参りをした。

時吉は倹飩箱を近くに置き、両手を合わせて目を閉じた。

長い祈りだった。

お不動様に報せなければならないことや、お願いしなければならないことはたんとあった。

のどか屋をやり直すことができました。

このまま、見世が無事で長く続きますように。今度は火に巻きこまれませんように。

そもそも、火が出ませんように。

おちよと夫婦になることができました。

この先も、円満で暮らせますように。そのうち子宝に恵まれますように。

新しいのどか屋でも、常連のお客さんができました。

どうか、みんな息災で暮らせますように。もう悲しい出来事がありませんように。


まだ何か祈り忘れたような気がした。

あのときと同じだ、と時吉は思った。

火の用心を祈り忘れたら、本当に火が出て見世が焼けてしまった。虫の知らせを感じたのに、それを生かすことができなかった。

だが、その後、虫の知らせを過《あやま》たずとらえて、火付け浪人を成敗した。

今度もまた、似たような虫の知らせを感じた。

しかし、それはいやな胸騒ぎではなかった。

むしろ、逆だった。

猫は答えず、寿司の匂いがまだ残る倹飩箱の内側をぺろぺろなめはじめた。

「帰ったら、鮪の切れ端でもやろう。その代わり……」

しゃがんで猫をのぞきこみ、時吉は言った。

「また看板猫をやるんだぞ。そのうち産む子猫と一緒に、箱をつくって載せてやる。今度は逃げたら承知しないぞ」

喉の鈴にさわると、しゃらんとまたいい音がした。

「……のどかなる猫のあくびのお江戸かな」

おちよがだしぬけに一句唱えた。

のどか、は春の季語だ。

いい風が吹いてきた。

目に痛いほどの青葉が、御恩の日差しを受けて光りさざめく。

「さあ、行くぞ」

時吉は立ち上がり、再び倹飩箱をつかんだ。

いったん軽くなった箱が、またいくらか重くなった。

その重みが心地よかった。

「ちゃんと産みなさいな、のどか」

おちよが猫に声をかけた。

返事はなかった。

古巣の居心地がよほどいいのか、のどかはあっけなく寝てしまった。

猫が戻ってきた倹飩箱をいくらか揺らしながら、時吉が歩く。

「たくさん産んだらどうしようか」

「もらってくれそうな人はいくらでもいるでしょう」

あの人も、この人もと顔を思い浮かべながら、おちよは答えた。

「そうだな。なら、そのときは、また倹飩箱に子猫を入れて運ぼう」

「そうね」

笑いながら、春の風に吹かれて、時吉とおちよが歩いていく。

立ち直っていく江戸の町を、生まれ変わったのどか屋のほうへ。

前を向いて。

［参考文献一覧］

松下幸子『図説江戸料理事典』（柏書房）
福田浩、松下幸子『料理いろは包丁　江戸の肴、惣菜百品』（柴田書店）
料理＝福田浩、撮影＝小沢忠恭『江戸料理をつくる』（教育社）
松下幸子、榎木伊太郎編『再現江戸時代料理　食養生講釈付』（小学館）
川口はるみ『再現江戸惣菜事典』（東京堂出版）
日本風俗史学会編『図説江戸時代食生活事典』（雄山閣）
島崎とみ子『江戸のおかず帖　美味百二十選』（女子栄養大学出版部）
福田浩、杉本伸子、松藤庄平『豆腐百珍』（新潮社・とんぼの本）
奥村彪生現代語訳・料理再現『万宝料理秘密箱』（ニュートンプレス）
原田信男・編『江戸の料理と食生活』（小学館）
志の島忠『日本料理四季盛付』（グラフ社）
遠藤十士夫『日本料理盛付指南』（柴田書店）
松下幸子『祝いの食文化』（東京美術選書）
藤井まり『鎌倉・不識庵の精進レシピ　四季折々の祝い膳』（河出書房新社）

料理松永佳子　写真西村浩一『京のおばんざい100選』（平凡社）
白倉敬彦『江戸の旬・旨い物尽し』（学研新書）
車浮代『〝さ・し・す・せ・そ〞で作る〈江戸風〉小鉢&おつまみレシピ』（PHP）
『クッキング基本大百科』（集英社）
鈴木登紀子『手作り和食工房』（グラフ社）
武鈴子『旬を食べる和食薬膳のすすめ』（家の光協会）
平野雅章『江戸・食の履歴書』（小学館文庫）
岩﨑信也『江戸っ子はなぜ蕎麦なのか？』（光文社新書）
『ものしりシリーズ　江戸の台所』（人文社）
山本純美『江戸の火事と火消』（河出書房新社）
稲垣史生『三田村鳶魚江戸生活事典』（青蛙房）
『復元江戸情報地図』（朝日新聞社）
今井金吾校訂『定本武江年表』（ちくま学芸文庫）
西山松之助編『江戸町人の研究』（吉川弘文館）
明田鉄男編『江戸10万日全記録』（雄山閣）

笹間良彦『大江戸復元図鑑〈庶民編〉』（遊子館）
北村一夫『江戸東京地名辞典　芸能・落語編』（講談社学術文庫）
浜田義一郎監修『江戸文学地名辞典』（東京堂出版）
市古夏生、鈴木健一校訂『新訂江戸名所図会』（ちくま学芸文庫）
渡辺信一郎『江戸の庶民生活・行事事典』（東京堂出版）
前田勇編『江戸語の辞典』（講談社学術文庫）
花咲一男監修『大江戸ものしり図鑑』（主婦と生活社）
『CG日本史シリーズ3　江戸の暮らし』（双葉社）
三谷一馬『江戸職人図聚』（中公文庫）
三谷一馬『江戸商売図絵』（中公文庫）
三谷一馬『彩色江戸物売図絵』（中公文庫）
喜田川守貞著、宇佐美英機校訂『近世風俗志』（岩波文庫）
長谷川強ほか校訂『嬉遊笑覧』（岩波文庫）
渡辺信一郎『江戸の生業事典』（東京堂出版）
高橋幹夫『江戸の暮らし図鑑　道具で見る江戸時代』（芙蓉書房出版）
中江克巳『お江戸の職人《エリート》素朴な大疑問』（ＰＨＰ文庫）

江馬務『結婚の歴史』(雄山閣)
陶智子『江戸の女性』(新典社)
村田考子『江戸三〇〇年の女性美　化粧と髪型』(青幻舎)
菊地ひと美『花の大江戸風俗案内』(ちくま文庫)
松井信義監修『知識ゼロからのやきもの入門』(幻冬舎)
やきもの愛好会編『よくわかるやきもの大事典』(ナツメ社)
森末新『将軍と町医　相州片倉鶴陵伝』(有隣新書)
牧秀彦『古武術・剣術がわかる事典』(技術評論社)
『現代俳句の世界6　中村草田男集』(朝日文庫)

手毬寿司《てまりずし》 小料理《こりょうり》のどか屋《や》 人情帖《にんじょうちょう》4

著者 倉阪鬼一郎《くらさかきいちろう》

発行所 株式会社 二見書房
東京都千代田区三崎町二―一八―一一
電話 〇三―三五一五―二三一一［営業］
〇三―三五一五―二三一三［編集］
振替 〇〇一七〇―四―二六三九

印刷 株式会社 堀内印刷所
製本 ナショナル製本協同組合

時代小説
二見時代小説文庫

 ISBN978－4－576－11158－2
http://www.futami.co.jp/